COLLECTION FOLIO

Chester Himes

Le fantôme de Rufus Jones

et autres nouvelles

Traduit de l'américain par Lili Sztajn

Gallimard

Ces nouvelles sont extraites du recueil *Le paradis des côtes de porc*,
Nouvelles, t. II (La Noire).

Titres originaux :

THE GHOST OF RUFUS JONES
TO WHAT RED HELL
HIS LAST DAY
IN THE NIGHT
ONE MORE WAY TO DIE

Né le 29 juillet 1909 à Jefferson City dans le Missouri, Chester Himes est le fils d'un professeur et fait des études universitaires dans l'Ohio, ce qui est extrêmement rare pour un Noir dans les États-Unis des années 1920. Pour les financer, il travaille comme barman et liftier dans un hôtel. Une chute dans la cage d'ascenseur vide l'obligera à porter un corset toute sa vie. À Cleveland, il fréquente une bande de voyous, vend de l'alcool clandestin et, à l'âge de dix-neuf ans, se retrouve condamné à vingt ans de prison pour vol à main armée. C'est derrière les barreaux qu'il découvre les livres de Dashiell Hammett, Raymond Chandler et Fédor Dostoïevski et commence à écrire des nouvelles pour raconter la condition des Noirs. Ses premiers textes paraissent dans la revue l'*Esquire*. Sorti de prison au bout de sept ans, il se marie avec Jean, une jeune femme de la bourgeoisie noire, mais ils divorcent quelques années après. Installé en Californie, il vit grâce à une bourse. Son premier roman *S'il braille, lâche le...* boudé par la critique américaine, qu'elle soit blanche ou noire, qui apprécie peu son humour et sa dénonciation du racisme, est finalement publié en 1945. L'accueil en France est beaucoup plus chaleureux. Himes s'embarque en 1953 pour l'Europe et, après un bref séjour à Paris, vit quelque temps à Arcachon, Londres et Majorque et écrit *La fin d'un primitif*. De retour à Paris, sans un sou, il rencontre l'un de ses traducteurs, Marcel Duhamel, fondateur de la Série Noire, qui le persuade d'écrire des romans policiers pour sa collection. Chester Himes crée alors les inspecteurs noirs Ed Cercueil Johnson et Fossoyeur Jones dans *La reine des pommes* en 1958. Le roman obtient le Grand Prix de littérature policière et est salué par des écrivains français tels que Giono, Cocteau et Sartre. Les aventures dans le ghetto de Harlem des deux policiers sans illusions se poursuivent entre humour et désespoir à travers plusieurs autres romans parmi lesquels *Couché dans le pain* et *Imbroglio negro* en 1959, *Tout pour plaire* en 1961... L'écriture de Himes, dans la lignée des Black Panthers, se fait peu à peu plus politique et il prône l'idée d'un retour sur la terre ancestrale, en Afrique. En 1979, il publie son autobiographie, *Regrets sans repentir*, qui condense *Le prix de la souffrance* (1971) et *Ma vie d'absurdité* (1976), rejetant les étiquettes d'écrivain noir et d'auteur de romans policiers. Installé en Espagne, il meurt à Alicante le 12 novembre 1984.

Dénonçant sans relâche la condition des Noirs aux États-Unis, Chester Himes a su s'imposer comme le romancier le plus original du problème racial.

Découvrez, lisez ou relisez les livres de Chester Himes :

LA FIN D'UN PRIMITIF (Folio nº 718)

MAMIE MASON OU UN EXERCICE DE LA BONNE VOLONTÉ (Folio nº 3067)

REGRETS SANS REPENTIR (Folio nº 2921)

S'IL BRAILLE, LÂCHE-LE... (Folio nº 1618)

LA TROISIÈME GÉNÉRATION (Folio nº 1748)

L'AVEUGLE AU PISTOLET (Folio Policier nº 105)

COUCHÉ DANS LE PAIN (Folio Policier nº 245)

IL PLEUT DES COUPS DURS (Folio Policier nº 283)

IMBROGLIO NEGRO (Folio Policier nº 19)

NE NOUS ÉNERVONS PAS ! (Folio Policier nº 39)

LA REINE DES POMMES (Folio Policier nº 66)

TOUT POUR PLAIRE (Folio Policier nº 72)

DARE-DARE (à paraître en Folio Policier nº 351 en novembre 2004)

LE FANTÔME DE RUFUS JONES

Rufus avait quatre-vingt-seize ans quand le Seigneur « l'invita à venir prendre sa place au ciel ».

Durant ces quatre-vingt-seize années, il n'était jamais arrivé à l'heure et il ne fit pas exception pour le paradis.

Pendant soixante ans, Rufus avait été diacre à l'église baptiste de New Africa, en Géorgie. Il avait assisté à l'enterrement de nombreux paroissiens, et il était curieux de voir combien d'entre eux viendraient au sien. Aussi, au lieu de commencer son ascension vers le ciel dès que son esprit eut quitté sa demeure charnelle, il s'attarda dans les parages (du moins son esprit) pour suivre ses propres funérailles. Il se glissa subrepticement dans l'église et s'adossa à la chaire du pasteur pour écouter l'office.

Ce fut l'enterrement le plus important et le plus bruyant qui se fût jamais tenu à New Africa. On pleura, on gémit, sans parler de ce qu'on but et mangea ; les deux diacres encore vivants en vinrent aux poings pour savoir lequel d'entre eux avait été le préféré du défunt frère Jones. Rufus trouva tout cela si réconfortant qu'il accompagna la procession funèbre jusqu'à sa tombe. Tandis qu'il regardait les frères et les sœurs de l'église hurler et s'agiter pendant qu'on mettait son cercueil en terre, il songea : « Un étranger penserait que je m'apprête à aller en enfer et non pas au paradis. »

Même alors, il ne se décida toujours pas à se mettre en route pour les cieux. Il erra dans la ville, écoutant les conversations et regardant sa famille se quereller pour les maigres possessions qu'il avait laissées. Il en fut tellement bouleversé qu'il se glissa dans la maison du pasteur et but une bonne quantité de la réserve privée de « sirop calmant » du saint homme. Lorsqu'il arriva au ciel, il avait trois jours de retard et une gueule de bois de tous les diables.

Saint Pierre baissa les yeux sur son agenda et les releva en fronçant les sourcils.

« Rufus, tu es en retard, comme d'habitude, dit-il.

— Vous savez bien comme c'est dur pour nous autres gens de couleur de se déplacer en Géorgie, offrit Rufus en guise d'excuse. Vous savez bien que les Blancs ne veulent pas que les gens de couleur montent dans leur train du ciel, alors quand j'ai enfin trouvé une place, ils m'ont forcé à me lever pour la céder à un colonel sudiste qui venait de tomber raide mort en voyant pour la première fois des enfants noirs dans une école de Blancs.

— J'aurais pu te croire, Rufus, dit saint Pierre. Mais je te surveille depuis trois jours. Non seulement tu es en retard, mais en plus, tu mens. Tu ne cesseras donc jamais de mentir, même au paradis ?

— Je ne mens pas vraiment, saint Pierre, soutint Rufus. Je ne fais que pronostiquer la vérité.

— Rien que pour ça, tu devras subir un châtiment, dit saint Pierre. Pronostiquer est le droit divin des saints. Aussi vais-je te renvoyer sur terre pour revivre dans la peau d'un homme blanc.

— Ha-ha-ha, fit Rufus. Vous appelez ça un châtiment ?

— Pourquoi crois-tu que les Blancs se sentent si coupables, si ce n'est pas un châtiment ? insista saint Pierre.

— Vous plaisantez ? dit Rufus. Vous savez bien que tous ces Blancs de Géorgie n'accepteront jamais un truc pareil. Ils me flanqueront à la porte de l'État et vous avec.

— Ils n'en sauront rien, expliqua saint Pierre.

— Vous voulez dire qu'ils ne vont pas savoir que je suis blanc ? demanda Rufus soudain alarmé.

— Oh si, le rassura très vite saint Pierre. Pour eux tu auras l'air d'un Blanc.

— Bon alors ça va, dit Rufus. Du moment qu'ils ne savent pas que je suis noir.

— Mais pour les Noirs tu auras l'air noir, comme d'habitude », ajouta saint Pierre.

Rufus se gratta la tête et pesa cette nouvelle donnée.

« Ça, ça ne va pas tellement être bien, décida-t-il. Tous ces Noirs pensent que je suis mort. Ça ne va pas leur plaire si je me ramène vivant après qu'ils sont allés dépenser tout cet argent pour mon enterrement.

— Ne t'inquiète pas pour ça, dit saint Pierre, ils ne te reconnaîtront pas. Tu seras quelqu'un d'autre. Maintenant, dis-moi qui tu aimerais être.

— Bon alors, laissez-moi réfléchir, dit Rufus, pensif. D'abord, je voudrais être le plus gros planteur de coton de Géorgie, et je veux la maison la plus grande, et je veux être shérif du comté et président de la banque. »

C'est donc ainsi que les choses se passèrent. Quand le vieux Josh Jones, le Blanc le plus méchant de Géorgie, propriétaire de la plus grosse plantation de coton et président de la banque du comté, mourut, il légua la totalité de ses biens à un parent éloigné, un certain Rufus Jones, dont personne n'avait jamais entendu parler jusqu'à ce qu'il arrive pour l'enterrement.

Rufus Jones était un homme blanc et costaud au visage rouge et aux yeux bleus. Personne ne connaissait son âge, mais ça n'avait pas d'importance ; il était suffisamment vieux. Il reprit les choses là où le vieux Josh Jones les avait laissées ; mais il se heurta d'emblée à quelques difficultés. Pour commencer, il riait trop. Il n'arrivait tout simplement pas à être aussi méchant que le vieux Jones ; et les Blancs n'avaient pas de respect pour ceux qui n'étaient pas aussi méchants qu'eux. Deuxièmement, il était trop poli. Il se surprit à dire « Oui m'am » et « non m'sieur » sans pouvoir se contrôler, ce qui aux yeux des Blancs était pousser la politesse — même la politesse de Géorgie — un peu trop loin, surtout de la part du propriétaire de la plus grosse plantation, shérif du comté et président de la banque de surcroît.

Lorsqu'il se rendit à Atlanta (la plus grande ville de Géorgie) et descendit dans le meilleur hôtel, il dut se faire violence pour monter dans l'ascenseur bondé de Blancs. Chaque fois qu'une femme le frôlait, son cœur ratait un battement tant il craignait qu'elle ne crie au viol. Et dans la salle à manger, assis parmi toutes ces dames et ces messieurs blancs, ça lui faisait un sale effet de se regarder dans un miroir et d'y voir qu'il était noir.

Il se rappelait alors qu'il avait l'air d'un Blanc pour les Blancs et il se mettait à glousser tout seul.

Les Blancs commencèrent bientôt à penser qu'il était un peu dérangé mais n'y attachèrent aucune importance parce qu'ils étaient tous un peu dérangés.

Ce fut avec les Noirs qu'il eut le plus de difficulté. Quand il dînait avec des Blancs, qui voyaient parfaitement qu'il était blanc, et passait un bon moment en leur compagnie, il était servi par des Noirs qui se montraient hostiles et impolis envers lui car ils voyaient tout aussi parfaitement qu'il était aussi noir qu'on pouvait l'être.

En un rien de temps, cette situation sema une grande confusion dans le fier État blanc de Géorgie. Naturellement, les Noirs se mirent à penser que les Blancs avaient beaucoup changé, puisqu'ils acceptaient qu'un Noir vive parmi eux, soit shérif du comté et président de la banque et s'asseye à leur table. Bien entendu, les Blancs savaient très bien qu'ils n'avaient absolument pas changé et que, de plus, ils n'avaient pas la moindre intention de le faire. Ils se demandaient donc ce qui pouvait bien tout à coup arriver aux Noirs.

Quand les Noirs voyaient ce Noir, Rufus Jones, faire quelque chose, ils pensaient logiquement qu'ils pouvaient faire la même chose. Et quand les Blancs les réprimandaient et les menaçaient de les punir pour leurs actions, ils montraient Rufus et disaient : « Il le fait bien, lui, pourquoi pas nous ? » Les Blancs les regardaient, sidérés. « Bien sûr qu'il le fait, répliquaient-ils. Mais lui, il est blanc. » Les Noirs en avaient les yeux qui leur sortaient de la tête. « Ça alors, excusez-nous, messieurs, on croyait qu'il était noir », rétorquaient-ils. Les Blancs étaient fous de rage à l'idée que les Noirs puissent penser qu'un Blanc était noir. « Vous autres Noirs, vous feriez bien de vous tenir tranquilles ou vous allez vous fourrer dans un pétrin dont vous aurez du mal à sortir », menaçaient-ils. Les Noirs se mettaient alors à feindre l'aveuglement et à en faire des tonnes. « Comment est-ce qu'on a pu être aussi aveugles ? dirent-ils. On voit bien maintenant que Monsieur Rufus est blanc comme neige ; on devait avoir de la suie dans les yeux. »

Mais au bout d'un moment, les Noirs se mirent à penser que les Blancs, c'était sûr, avaient un sérieux problème de vue. La rumeur courut chez eux que les Blancs étaient devenus incapables de faire la différence entre un Blanc et un Noir. À la suite de quoi, les Noirs commencèrent à se montrer dans les endroits les plus improbables en affirmant qu'ils étaient blancs. Inutile de dire quel effet ces incidents produisirent sur les ségrégationnistes.

Un Noir se présenta même à une réunion du Ku Klux Klan, et quand il enleva sa cagoule, il s'exclama d'une voix forte et joyeuse : « Rassemblons-nous, nous les Blancs, et allons donner une bonne leçon à ces Noirs. » Les hommes du Klan ne lui jetèrent qu'un seul regard avant de prendre leurs jambes à leur cou. Ils étaient persuadés que c'était le fantôme d'une de leurs victimes qui revenait les hanter.

Le pire, ce fut lorsqu'un jeune Noir se présenta à la porte d'un très riche planteur blanc, un bouquet de fleurs à la main, et demanda au propriétaire la main de sa fille. Inutile de dire que le Blanc dégaina son pistolet, mais mourut d'apoplexie avant d'avoir pu s'en servir.

Jamais on ne vit pareille consternation dans l'État de Géorgie.

Les Blancs n'arrivaient même pas à imaginer que les Noirs puissent faire de telles choses. Voyons, ça dépassait l'entendement ! Ils commencèrent donc à se demander si, pour une raison inconnue, ils ne seraient pas devenus incapables de distinguer les couleurs. Certains en imputèrent la faute aux retombées atomiques et envoyèrent des télégrammes pressants au Président des États-Unis pour qu'il mette fin immédiatement aux essais nucléaires.

D'autres en rendirent responsable la Cour suprême et demandèrent la dissolution immédiate de cette institution.

Quand vinrent les élections, les Blancs étaient si perturbés à l'idée de ne pas pouvoir distinguer les Blancs des Noirs qu'ils ne laissèrent personne voter. Mais ça ne faisait pas grande différence. Les mêmes candidats briguaient les mêmes charges sur la même liste unique et ils étaient assurés de leur réélection, que l'on vote ou non.

Pour Rufus, les choses allèrent de mal en pis. La situation délicate dans laquelle il se trouvait engendrait de grandes tensions mentales. Il désirait ardemment trouver une compagne pour partager son triple fardeau : le premier qui consistait à être blanc, le deuxième à être noir ; et le troisième à être un fardeau, en tant que Noir, pour le Blanc qu'il était.

Il vit une jolie veuve café au lait qu'il désira épouser. Elle n'avait rien contre cette idée, étant donné que Rufus était un riche planteur de coton, shérif du comté et président de la banque, ce qui était une rudement bonne situation pour un Noir.

Mais les problèmes surgirent quand vint le moment de demander le certificat de publication des bans. Il existe une loi en Géorgie qui interdit aux Blancs d'épouser des Noirs. En tant que shérif du comté, Rufus se devait de respecter la loi. Il ne pouvait donc pas se rendre au tribunal et demander à l'employé blanc un certificat qui lui permettrait d'épouser une Noire, à moins d'être prêt à se mettre lui-même en état d'arrestation pour infraction à la législation.

Devant cet obstacle insurmontable, il demanda à la dame en question de partager sa vie en dehors des liens conjugaux. Bien évidemment, elle voulut savoir pour quelle raison il s'opposait au mariage. Il lui expliqua qu'il était blanc et que, comme elle était noire, leur union serait illégale. L'ennui, c'était qu'elle voyait parfaitement qu'il était aussi noir qu'on peut l'être, et l'excuse bidon qu'il avait trouvée pour ne pas l'épouser la plongea dans une telle rage qu'elle se mit à le gifler, ce qu'elle n'aurait assurément jamais fait s'il avait été blanc. Il tenta de lui expliquer qu'il était noir en réalité mais qu'il avait l'air blanc. Ce qui eut pour résultat de la persuader qu'il était fou. Elle le quitta vite fait et se trouva un mari noir ; un homme qui non seulement était noir, mais qui avait aussi l'air d'un Noir.

Ne voulant pas s'avouer vaincu, Rufus se fiança à une autre belle femme noire. Mais pour éviter les complications, il décida de l'emmener à Harlem, New York, où il n'existait aucune loi empêchant les Blancs d'épouser les Noirs.

Toutefois, il avait besoin d'argent pour cette expédition. Aussi se retrouva-t-il peu après à la banque, en pleine nuit, à se bourrer les poches avec les fonds de ses clients, quand tout d'un coup, saint Pierre passa la tête à la porte.

« Eh bien, Rufus, qu'est-ce qui te prend ? s'exclama saint Pierre. Tu n'as jamais volé autant d'argent quand tu étais un Noir. »

Rufus le regarda avec un grand sourire.

« J'en avais jamais eu l'occasion, répondit-il, mais maintenant je suis blanc.

— Et dis-moi, qu'as-tu l'intention de raconter à tes clients quand ils viendront retirer leur argent ? demanda saint Pierre.

— Vous oubliez que je suis aussi shérif, dit Rufus. Je leur dirai que la banque a été cambriolée par des bandits masqués qui se sont échappés, comme nous l'avons toujours fait, nous autres Blancs, depuis toutes ces années.

— Ça ne va pas du tout, dit saint Pierre. Je vais te ramener au ciel avec moi. Tu le sais, je voulais seulement jouer un bon tour aux Blancs en te faisant passer pour un des leurs, mais tu m'as tout l'air d'être en train de devenir blanc pour de bon. Et la plaisanterie a assez duré. Tu oublies que je suis blanc, moi aussi. »

VERS QUEL ENFER ROUGE

Depuis les fenêtres du dortoir, les prisonniers pouvaient voir l'extrémité nord des blocs de cellules G et H.

Tandis qu'ils regardaient, la fumée s'épaissit, montant du toit et sortant par les fenêtres du haut. À travers la fumée, on distinguait la boule rouge terne du soleil.

Les camions des pompiers pénétrèrent dans l'enceinte. Ils entendirent le rugissement des moteurs et le tintement de la cloche.

Des détenus se mirent à traverser la cour en courant. Des prisonniers noirs se précipitèrent en un flot soudain hors du dortoir de la compagnie des charbonniers. Des prisonniers blancs sortaient en courant du dortoir près de la cantine, coupant par la cour pour atteindre le bloc en feu. Des gardiens accouraient de toutes les directions. Tout le monde courait dans tous les sens.

Peu à peu, les détenus agglutinés aux fenêtres furent gagnés par la nervosité et perdirent leur contrôle.

« C'est pas bon, dit l'un d'eux. C'est pas bon, y'a trop de fumée !

— Nom de Dieu, je sors, fit un autre. Mon frère est au 5 H. Je me tire. Tous les autres sont déjà dehors. »

Il se dégagea de l'attroupement, se précipita vers la sortie.

« Je viens aussi », dit Jimmy en se précipitant à sa suite.

Le gardien était debout devant la porte.

« Vire-toi, je sors, lui lança le premier.

— On sort, répéta Jimmy.

— Vous ne pouvez pas sortir, dit le gardien.

— Ah non ? Tiens ! » répliqua le prisonnier. Il lui décocha un long crochet du droit qui vint le percuter au visage, juste sous l'œil. Le gardien tira sa matraque, mais le gars l'arrêta au vol. Jimmy en profita pour balancer un gauche bien senti dans l'estomac du maton.

L'homme grogna « Umph ! » et se plia en deux.

Le détenu lui balança encore un coup de poing dans la figure. Jimmy le poussa sur le côté. À ce moment-là, la porte s'ouvrit de l'extérieur et un détenu surveillant fit irruption, tête nue, haletant.

« Prenez des couvertures, les gars, hoqueta-t-il d'une voix étouffée. Vite, prenez des couvertures. Ils sont en train de brûler vifs là-bas. Nom de Dieu, ils sont en train de griller dans leurs cellules. »

Jimmy arracha une couverture d'une couchette et fut dehors en une seconde. Il prit à gauche, contourna l'arrière de l'infirmerie. La nuit tombait déjà sur la prison. Il y avait du vent. Il sentit sa fraîcheur à travers sa chemise et sur sa tête nue.

La fumée montait en rouleaux noirs du bloc de cellules embrasées. Le vent la rabattait sur la cour de la prison comme un nuage épais, si dense et si bas qu'on pouvait le toucher en tendant la main. Des flammes, comme de longues langues rouges, sortaient du bâtiment en feu, léchant la nuit noire. Les blocs de la centrale n'étaient plus que des ombres massives pris dans les tourbillons de fumée. C'était hallucinant. Le feu était hallucinant. La nuit elle-même était hallucinante. C'était comme quelque chose de totalement nouveau. Comme si la nuit venait d'être inventée, comme si le feu venait d'être inventé.

Le bloc de cellules sur le devant de la prison n'était plus qu'une façade de pierre grise, ponctuée de barreaux d'acier grillés sur le fond jaune des fenêtres. C'était comme un horizon dans la nuit. C'était là que la nuit s'arrêtait.

Lorsque Jimmy déboucha dans la cour, il crut entendre, à cent mètres de là, les prisonniers hurler : « Au secours, Seigneur, au secours ! » Et cette plainte répétée comme un écho infini le glaçait d'effroi.

Dans la cour, régnait une pagaille invraisemblable. Des milliers de détenus étaient lâchés. Tous couraient à toutes jambes de tous les côtés. Tous criaient. Personne n'écoutait.

En toile de fond, le bloc qui brûlait. Sur le côté, les rangées I et K étaient en construction. Les échafaudages de bois installés contre la façade de béton nourrissaient le feu devant les cellules encore inoccupées. Mais les rangées G et H, à l'autre extrémité, étaient surpeuplées sur six étages. Cette aile était devenue un monstre énorme au souffle brûlant, avaleur de feu, aspirant flammes et fumée pour étouffer les hommes qui se débattaient dans son ventre.

Plus loin, derrière les ateliers, la haute muraille grise reliant la terre au ciel fermait le monde.

La lumière jaune provenant de la porte ouverte de l'hôpital projetait une image kaléidoscopique sur la confusion qui régnait dans la cour. La panique happa Jimmy, chassa de sa mémoire le dortoir et la prison, n'y laissant qu'un irrépressible besoin de courir.

Il se lança dans la cour, porté par cette sensation d'être trop léger pour ne pas s'envoler que donne la marijuana ; plus il courait, moins il avançait.

Il buta sur quelque chose de mou, baissa les yeux. Il baissa les yeux et vit qu'il avait marché sur le ventre cramé d'un détenu. Il avait fait gicler de gros caillots de vomi d'entre les dents serrées qui mangeaient le visage brûlé. Soudain, il les vit, des silhouettes grises étendues face contre terre sur le sol nu parsemaient la cour. On en apportait d'autres. Des pantins de chair carbonisée, noirs de suie, enveloppés dans ces couvertures neuves qu'ils avaient réclamées en vain tout l'hiver. Jimmy frissonna de froid.

« Ils n'ont pas besoin des couvertures, se surprit-il à protester. Ils n'ont pas besoin des couvertures, espèces d'imbéciles. »

Un paysage bigarré s'offrait à ses yeux : nuit noire couronnée de fumée, lumière jaune, flammes rouges, mort grise, tout se mêlait en une confusion répugnante. Il avançait péniblement dans ce désordre, avec l'impression de marcher, à chaque pas, sur une couleur différente. Sur la gauche éclatait la blancheur du couloir de l'infirmerie. Des infirmiers en blouse blanche se penchaient sur des corps gris étendus par terre. Sur la droite, dans la nuit, la panique noire de la cour, les ombres de prisonniers courant sans savoir où ils allaient, jurant en trébuchant sur les cadavres. À la lisière de la lumière, la fumée formait un épais mur gris.

Il fonça au travers et resta un instant aveuglé. Quelqu'un le bouscula si fort qu'il tomba à genoux. Sa tempe heurta la rampe de fer de l'allée. Quatre hommes plongèrent dans le flot de lumière et montèrent les marches de l'hôpital. Ils portaient un corps qui se tordait de douleur — *un survivant !* Émergeant de la douleur, une voix forte, comme un rugissement, lui parvint aux oreilles : *« Laissez passer ! Un survivant ! Un survivant ! »*

Jimmy se releva, descendit l'allée, resta planté devant le bureau du directeur adjoint. Sa couverture s'était envolée et il éprouvait dans ses mains une sensation de vide. Il chercha en vain une cigarette dans sa poche. Un type qui fumait une Bull Durham passa près de lui en courant. « Donne-moi une bouffée », lui dit Jimmy. L'autre lui refila son mégot. Il resta là à téter sa cigarette dans la tourmente de la cour, comme s'il se tenait au centre d'un rouet.

Le bureau du directeur adjoint était au centre de la confusion. Tout partait de là et y finissait, ou bien encore se déroulait à partir de là comme un ruban de papier collant jeté de la fenêtre d'un gratte-ciel. Son esprit ne se faisait pas à cette confusion, les brusques changements d'action, la finalité du moindre mot prononcé, de chaque geste, de chaque juron, de chaque hurlement. Il ne pouvait faire face à la terrible nécessité qui consistait à combler le gouffre entre la vie et la mort. Les incidents qui pénétraient son subconscient avec une rapidité choquante en sortaient de la même façon. Il ne pouvait les absorber — les vivants, les morts, les filets de vomi verdâtre sous la lumière jaune éclairant le sol de l'allée. Il sentait monter la nausée.

Il vit un groupe de gens venus de l'extérieur entrer par le portail. Des médecins, des journalistes, des flics, des prêtres en soutane, une infirmière. Tous se mêlèrent aux trois mille détenus qui couraient, couraient encore. Ils passèrent près de Jimmy, le bousculant, l'injuriant.

Soudain, il se remit à courir, levant haut les jambes, moulinant. Il courut jusqu'au bloc de cellules en feu, de l'autre côté de la cour. La fumée était âcre et épaisse. Il se mit à tousser. Il s'arrêta devant la porte du bloc. Il avait oublié pourquoi il courait.

Il entendait les cris étranglés, les prières étouffées et inachevées, les jurons, les hoquets, la toux, les plaintes et les gémissements des détenus pris au piège dans les trois derniers étages des rangées G et H. La charpente du toit s'était embrasée. Il voyait les flammes rageuses qui brûlaient le toit à travers la fumée qui descendait six étages jusqu'au sol.

Devant la porte du bloc, l'eau recouvrait le sol. Les tuyaux des pompiers rampaient dans la boue comme d'immenses serpents. Deux voitures flanquaient la porte. Les autres camions étaient stationnés à l'extrémité du bloc, après la chapelle. Les hommes casqués se ruaient encore et encore vers les cellules et finissaient par battre en retraite, toussant et crachant, vomissant. Plusieurs d'entre eux gisaient sur le sol, inconscients. Des prisonniers au regard fou, torse nu, s'emparaient des tuyaux. L'eau qui ricochait sur le mur du bloc éclaboussa le visage de Jimmy.

Il pénétra dans le bâtiment. Une voix hurlait d'en haut : « Sors-moi de là ! Sortez-moi de là ! Fils de putes ! Oh, bande de salauds... ! » La phrase s'acheva en un cri étranglé.

Il recula hors du bâtiment. Mais il entendait toujours les plaintes étouffées.

« Oh Seigneur ! Sortez-moi de là ! Qu'est-ce que vous essayez de faire, me tuer ? Vous essayez de me tuer ? J'ai rien fait, j'ai rien fait à personne. Vous voulez me faire crever, espèces de fils de putes... »

Il entendit un prisonnier dire qu'à l'étage, quelqu'un était en train de déverrouiller les cellules. Il n'y crut pas. Il se pencha et jeta un coup d'œil à travers la fumée. Il ne vit qu'une vague configuration de cellules à l'intérieur du bloc qui s'embrasait, de l'eau qui coulait, un limon gluant, et toujours il entendait ces horribles râles, moitié prières, moitié jurons.

Un grand Noir nommé Block Buster apparut soudain sur le seuil. Il avait émergé de la fumée comme une apparition. Il portait un corps flasque sur ses épaules. Le fardeau s'étrangla, vomissant sur le devant de la chemise du Noir. Jimmy regarda cette traînée visqueuse, grumeleuse et sentit son estomac se retourner.

« Trouve une couverture et donne un coup de main », entendit-il.

Ses lèvres frémirent, il se sentit soulevé par un haut-le-cœur. « Peux pas », souffla-t-il sans desserrer les mâchoires et il fit demi-tour.

Un flic le poussa pour laisser le passage à quatre hommes portant un corps inerte dans une couverture. En reculant, il trébucha sur un tuyau et se retrouva assis dans la boue. Il se releva d'un bond et se remit à courir. Il ne savait pas où il allait, l'important était de fuir.

Il ne savait pas ce qui lui arrivait. Il n'avait pas peur. Il voulait monter là-haut. Son esprit voulait monter là-haut. Il se disait qu'il allait faire demi-tour et monter pour sauver la vie de quelques-uns de ces pauvres bougres. Simplement, il ne le faisait pas. Pour tout l'or du monde, il n'aurait pu monter là-haut et en redescendre un être à moitié mort qui lui vomissait dessus. Il ne pouvait pas le faire, c'était tout.

Il continua à courir. Son cerveau flottait dans un brouillard gris. Des pompiers en bleu passèrent devant ses yeux. Leurs voix dans les mégaphones lui arrivaient aux oreilles. Il voyait les policiers. Il voyait les détenus vivants charrier les morts. Il voyait la fumée et les flammes et l'eau et les gardiens. Il voyait les prisonniers condamnés pour meurtre, viol, incendie criminel, ceux qui avaient abattu des flics dans des allées sombres, arraché des sacs à main au bras des femmes, volé des voitures, signé des chèques sans provision, mutilé des femmes et découpé leur corps en morceaux, torse, bras, jambes, tête, avant de les fourrer dans une malle — il les voyait à présent jouer les héros et faire des heures supplémentaires, braver la fumée pour sauver la vie d'un salaud qui ne valait pas un clou. Des visages blancs, luisants de sueur, striés de suie ; des dents blanches brillant contre des visages noirs et graisseux. Tous se démenaient pour être des héros, certains riaient, d'autres étaient solennels, hystériques, ivres de courage pour une fois dans une vie de lâche. C'était excitant. Le feu était excitant. Les vivants et les morts étaient excitants. Il leur donnait quelque chose à faire... quelque chose à faire... quelque chose qui venait rompre la terrible monotonie de la détention...

Au loin, Jimmy vit les murs.

Il y avait une éternité dans laquelle il courait, courant et hoquetant et criant et poussant et courant et jurant et frappant aveuglément de ses poings fermés, glissant et tombant et se relevant et courant à nouveau, dans laquelle il paraissait rester immobile pendant que le chaos se déchaînait autour de lui, le tirait, s'accrochait à ses manches, l'étouffait.

Il atteignit la chapelle, quinze mètres plus loin.

Il essaya d'ouvrir la porte. Elle n'était pas verrouillée. Il entra. Dans le vestibule, juste après la porte, un détenu pleurait. Il répétait encore et encore, d'une voix lente et monotone : « Fils de pute... Jésus-Christ... Fils de pute... Jésus-Christ... »

Il ne vit pas Jimmy.

Jimmy murmura :

« Dis une prière pour moi, mon frère, dis une prière pour moi. » Ses lèvres formèrent les mots involontairement et il en éprouva un choc.

Le détenu ne se retourna pas, ne cessa pas de parler.

Jimmy monta les marches et pénétra dans la chapelle.

Un groupe de prisonniers jouait aux dés devant la chaire. Il écouta un moment leurs claquements de doigts, leurs voix basses et intenses.

« Un huit... Huhn !... je veux un huit ! »

Le dé roula à nouveau.

Un des joueurs leva les yeux et vit Jimmy.

« Dis un chiffre, Jimmy. »

Jimmy secoua la tête et sentit son visage se tordre. Son esprit s'échappa dans un délire grotesque. Il imagina que Dieu et le diable jouaient l'âme des prisonniers mourants aux dés.

Dieu disait :

« Je joue ce nègre assassin. Il a fait de la chair à pâté de sa femme avec son canif. »

Le diable répondait :

« Je te vois. Je suis avec ce violeur blanc. »

Jimmy fut touché par la toute-puissance. Il vit le squelette blanchi et décharné de l'univers entier debout devant lui.

Puis il entendit une mélodie jouée lentement sur les touches graves du piano. Il vit une lueur rouge à travers les vitres givrées. Il regarda vers la tribune. Quelqu'un avait ouvert le piano à queue. Un adolescent blond et mince était assis sur le tabouret, son corps dessinant un point d'interrogation. Il jouait le *Requiem* de Verdi avec lenteur et émotion. Un fin rai de lumière, tombant d'une vitre cassée, posait une bande blanche sur son visage. C'était comme une cicatrice. Ses joues étaient mouillées de larmes.

Les rythmes lents des basses cognaient dans la tête de Jimmy comme autant de coups de poing.

« Imbécile, tu ne sais pas qu'il y a des gens qui meurent dehors ? » demanda-t-il.

Le jeune homme regarda autour de lui. Après un moment de tension extrême, il dit, sans s'arrêter de jouer :

« Je ne suis pas un imbécile. Je joue pour accompagner leur marche funèbre vers un enfer rouge. »

Des vers commencèrent à ramper dans le ventre de Jimmy. Il sortit de la chapelle, retourna dans la nuit chaotique. Il sentait ces vers dans son estomac comme s'il était mort, lui aussi, et pourrissait déjà sous la terre.

Dehors, la scène avait changé comme si le décor d'un nouvel acte s'était positionné sur une scène tournante. Une masse grondante de prisonniers avançait vers un demi-cercle de policiers qui protégeaient de leurs mitraillettes le portail de l'enceinte.

« Les murs s'effondrent », hurla une voix.

Les hommes avançaient lentement. Jimmy vit les jambes d'un flic se mettre à trembler violemment.

« Tirez-vous de là, salauds de flics ! » cria un prisonnier infirme. Il se détacha de ses camarades et fonça vers les policiers d'une démarche sautillante et oblique de crabe.

Un flic le saisit au collet. Les détenus se rapprochèrent.

Le sous-directeur survint, leva les bras et supplia :

« S'il vous plaît, messieurs, s'il vous plaît ! »

Les prisonniers s'immobilisèrent.

Jimmy fit demi-tour, il se sentait trahi. Soudain, il se remit à courir. Ses bras battaient l'air, ses genoux se levaient et se baissaient comme des pistons. Au bout de l'allée, il s'arrêta. Deux détenus étaient penchés sur un corps. L'un dit :

« Regarde, c'est Yorky ? Il a gagné deux cents dollars dans la salle de loisirs hier. »

L'autre regarda le corps.

« Si on lui faisait les poches ? »

Le premier répondit :

« D'accord, il en a plus besoin. »

Jimmy traversa la cour. Devant le bureau du directeur adjoint, un détenu l'arrêta.

« Envoie un télégramme chez toi, lui dit l'homme en lui fourrant un formulaire de la Western Union dans la main. Dis à tes parents que tu es vivant.

— Donne-m'en deux, mes parents sont divorcés. »

Le détenu lui donna deux papiers. Il entra dans la salle de classe et en remplit un pour son père, un autre pour sa mère. *Je suis vivant*, écrivit-il, et signa de son nom *James Monroe*. Mais il ne parvenait pas à se rappeler l'adresse de sa mère. Il sortit et rendit les formulaires au détenu qui les distribuait.

« Je ne me rappelle pas l'adresse de ma mère, dit-il.

— C'est pas grave, dit l'homme. Tant que tu connais le nom de la ville.

— Ça, je l'ai écrit.

— Bon », répondit le détenu.

Des dizaines de corps gris étaient tournés face contre terre. Des Blancs, des Noirs, des catholiques, des juifs. Les vieux et les jeunes, les infirmes et les normaux. Certains avaient été banquiers, d'autres politiciens, d'autres voleurs, d'autres encore escrocs. À présent, ils n'étaient que des masses grises sur un sol nu. Quoi qu'ils aient pu être, quoi qu'ils aient pu rêver d'être, quoi qu'ils aient fait ou n'aient pas fait, quelle qu'ait été leur race, leur nationalité, leur vie — cette gerbe de vomi verdâtre qui sortait de leur bouche les rendait tous égaux.

En les regardant, Jimmy n'éprouvait rien, ni pitié, ni chagrin, ni peur, ni respect, rien. Starlight était là, très raide. Il ne puait plus. Il ne chalouperait plus dans la cellule, son gros ventre en avant, en se prenant pour un champion de boxe. Mother Jones était là, très long, très noir, très mort. Et Blackie, petit, délicat, blanc et mort. Et Nig, grand, noir, coriace et mort. Il les voyait là, par dizaines sur le sol nu, leurs dents découvertes, du vomi entre leurs lèvres, leurs corps grotesquement tordus, leurs mains brûlées, calcinées, agrippant quelque chose qui n'était pas là, leurs yeux ouverts fixant quelque chose qu'ils ne pouvaient voir. Un vers d'Omar Khayyam surgit soudain de sa mémoire : *Tant que tu vis, bois ! car mort, jamais tu ne reviendras...*

Il déambula parmi les corps pour tenter de les reconnaître. Quelqu'un se mit à pleurer bruyamment près de lui. Il se tourna et vit un Noir décharné aux lèvres d'hippopotame, agenouillé près d'un petit cadavre brun à la bouche carbonisée. On l'appelait Mississippi Rose. Lorsque Rose vit que Jimmy le regardait, il se mit à sangloter.

« Oh, que Dieu ait pitié de moi, s'écria Rose. Mon homme est mort !

— Espèce de salaud noir, détrousseur de cadavres, dit Jimmy d'une voix indifférente.

— Qu'est-ce que ça peut te faire ? » dit Rose d'un ton de défi.

Jimmy balança un coup de pied dans son visage noir et luisant. Il manqua son coup, et s'étala sur un cadavre. La forme flasque et spongieuse s'écrasa sous lui. D'un bond, il se remit debout et s'ébroua comme s'il sortait d'une fosse à purin.

Un mille-pattes au ventre écrasé rampait dans sa tête, lentement, sous les os de son crâne, traînant son abdomen ouvert. Jimmy sentit ses pattes gluantes de la substance verte et visqueuse qui en était sortie.

Il se remit à courir. Il courut comme un aveugle, piétinant des corps inertes, heurtant des ventres mous, écrasant des muscles encore chauds qui glissaient sur les os. Il baissa la tête, la main gauche sur le visage, et continua à avancer.

Il se retrouva devant l'entrée de la chapelle. Il éprouva une étrange envie de rire. Il monta les marches et s'appuya au chambranle de la porte près du bénitier. Des bougies brûlaient sur l'autel blanc, des flammes jaunes qui montaient jusqu'au crucifix d'or brillant. C'était un havre de paix au milieu du chaos. Il vit le dos courbé de quelques hommes devant l'autel.

Il dit :

« *Je crois en Dieu, Notre Père tout-puissant, Créateur du Ciel et de la Terre...* » Les mots étaient sortis sans qu'il l'ait voulu. Il ne savait pas s'il les avait prononcés à voix haute ou seulement dans sa tête.

Soudain les mots disparurent, un sourire de mépris découvrit ses dents. Il le sentait sur ses lèvres et aussi dans ses yeux.

Il dit tout haut :

« Bon Dieu, non. Je crois au pouvoir de la presse, qui fait les lois ; je crois au dollar tout-puissant, aux pistons politiques, au Colt 45. »

Il fit demi-tour et retourna vers le dortoir. Le directeur adjoint et un pompier arrivaient dans le couloir sombre. Une voix hurla de l'intérieur :

« On fout le feu à la boîte. »

Il vit un détenu, tenant un bidon dans sa main, passer le seuil du dortoir. Il sentit une odeur d'essence. Il vit la lueur de la lampe torche du directeur adjoint.

Le détenu dans l'embrasure de la porte apparut soudain comme une image gravée sur la nuit noire, grand, maigre et découpé.

Il vit les yeux du prisonnier s'étirer, sa bouche s'affaisser. Il entendit son cri : « Bon Dieu de merde ! »

Il vit le pompier tirer son pistolet et l'enfoncer dans le ventre de l'homme. Il vit l'homme reculer et lâcher son bidon. Il entendit le bruit métallique du bidon sur les marches. Il entendit le rire du prisonnier.

Pendant un bref instant, l'image s'immobilisa, comme projetée depuis l'éternité.

Puis il vit l'éclair du pistolet, entendit le rugissement du coup de feu. Le rire du détenu se brisa.

Jimmy regarda l'homme tomber, rouler sur les marches et atterrir face contre terre.

Il revint en courant vers le bureau du sous-directeur. Plusieurs détenus étaient rassemblés là et se partageaient des sacs de toile emplis de tabac Bull Durham.

« Tiens, gamin, prends ça, dit l'un d'eux en balançant un sac à Jimmy. Prends-en deux. Prends tout ce que tu veux. Y'en a encore plein dans l'entrepôt. On pille la baraque, on rafle tout. »

Jimmy prit le sac et l'ouvrit avec ses dents. Il s'en roula une et la mit dans sa bouche. Il n'avait plus d'allumettes. Il tira sur sa cigarette éteinte.

« On distribue des vêtements neufs à l'entrepôt », dit un détenu.

Jimmy fit demi-tour et se remit à courir. Il louvoya entre les corps dans la cour, passa devant les camions de pompiers garés à l'extrémité du bloc, sous une grande échelle, dans la boue, grimpa les marches de l'entrepôt. Il enfila un pantalon neuf et gris, s'empara d'un manteau gris et redescendit en courant.

« On met le feu à l'atelier de laine ! » cria quelqu'un.

Sans ralentir, Jimmy bifurqua dans cette direction. Dans l'atelier, au rez-de-chaussée, il vit des prisonniers répandre de l'essence sur les métiers avant d'y mettre le feu. Il continua à courir. Derrière lui, il entendit le grondement des camions de pompiers qui s'élançaient vers le nouvel incendie.

Il traversa le terrain de base-ball, leva la tête et vit le garde de la tour ajuster sa mitrailleuse pour le viser, alors il obliqua vers le réfectoire. Le réfectoire était éclairé. Les prisonniers installés autour des longues tables aux plateaux d'ardoise mangeaient les steaks réservés aux gardiens. D'un autre côté, plusieurs policiers et pompiers buvaient du café.

Un détenu leva le nez de son assiette et dit à Jimmy :

« Va dans la cuisine et prends-toi quelque chose à manger, mon gars. On se fait la bouffe des matons. »

Il y alla. Un cri féroce et dément retentit. Il leva les yeux et vit, debout sur la paillasse de la cuisine, un détenu noir, la gueule ouverte. Il tenait dans une main un couteau de cuisine et de l'autre un cigare.

« Vas-y, prends ce que tu veux, petit Blanc, dit-il. Si un maton déboule, je lui tranche la gorge. »

Jimmy prit un morceau de fromage jaune, le goûta et le reposa.

Il ressortit, courut vers l'infirmerie. Son ami Blocker se tenait près d'un détenu nommé Pete. Blocker était appuyé, le dos au mur. Pete, assis par terre, enveloppé dans trois couvertures, s'adossait aux jambes de Blocker.

« Ce vieux Blocker m'a sauvé la vie, dit Pete. S'il avait pas été là, je serais plus qu'un putain de cadavre, de la viande à busards. Oui mon gars, ce vieux salaud de Blocker m'a sauvé la vie.

— On dirait que tu t'es battu contre la fumée, mon petit gars, dit Blocker à Jimmy en découvrant ses dents jaunes.

— Je suis fatigué, dit Jimmy. Bon Dieu, je suis fatigué.

— Assieds-toi et repose-toi, dit Blocker. Là, attends une minute. » Il installa Pete contre le mur, lui prit une couverture et fit place à Jimmy à côté de lui. « Là, assieds-toi avec ce salaud de rouquin et repose-toi. »

Jimmy s'assit. Blocker s'installa à côté de lui. Les trois hommes restèrent là, dans l'obscurité, parlant par intermittence.

« Mon vieux, j'ai cru que j'étais bon », sanglota Pete.

Au bout de trois minutes, Blocker dit :

« De tous les bons petits gars, là-haut, il a fallu que je choisisse un sale couillon comme toi. »

Encore quelques minutes et Jimmy rit.

Un peu plus tard, Pete dit :

« Ce bon vieux Blocker. Tu devrais apprendre à faire la cuisine. »

Un moment s'écoula et Blocker fit :

« Je me suis dit, bon sang, c'est ce vieux Pete. Si je laisse ce fils de pute clamser, alors tous les couillons vont mourir. »

Ils se sentaient entre amis, assis là dans l'obscurité derrière l'hôpital, loin du feu et de la confusion.

« Je voudrais pouvoir dormir », dit Jimmy.

Blocker répondit.

« Laisse venir, petit. Faut jamais forcer le destin. »

SON DERNIER JOUR

Les petites ampoules vissées dans les douilles du plafond, une devant chaque cellule, éclairaient l'allée étroite, les murs blêmes, le sol de béton grisâtre d'une lumière violente qui faisait mal aux yeux. Les cinq premières cellules étaient nues et inoccupées. Accroché à une barre horizontale de la sixième cellule, un panneau de bois blanc indiquait, en lettres noires sur fond blanc, le nom de Wilson, peint en un arc de cercle noir, et en dessous le numéro 13289 reliait les branches de l'arc.

Juste devant la cellule, de l'autre côté du couloir d'une largeur d'un mètre vingt, un gardien en uniforme était assis sur une chaise dont le dossier rigide était calé contre le mur. Il avait baissé sur son front la visière de sa casquette, pour protéger ses yeux de la luminosité tombant du plafond, et sa tête oscillait lentement dans une somnolence inquiète. Lorsque son menton s'abaissait au-dessous du seuil dangereux, il se réveillait en sursaut et regardait vivement autour de lui, comme pour se rappeler où il était et ce qu'il était censé faire. À sa ceinture, la crosse noire et terne d'un pistolet dépassait de son étui.

La lumière du couloir éclairait en oblique l'intérieur de la cellule, l'ombre des barreaux formait un damier sur la moitié du sol de béton lisse qui réfléchissait une clarté diffuse. Une chaise, en partie éclairée, se trouvait près de la couchette, des vêtements en désordre pendaient sur le dossier. La couchette jouxtait le mur de droite, une extrémité à cinquante centimètres du mur du fond, l'autre à cinquante centimètres des barreaux qui fermaient la cellule. Un lavabo et une cuvette de W.-C. étaient encastrés dans le mur opposé au lit et, juste au-dessus, se trouvait une petite étagère métallique. Il n'y avait pas d'autre mobilier dans la cellule.

Sur le drap grisâtre de l'étroite couchette, un homme allongé ronflait légèrement. Ses sous-vêtements d'un blanc douteux tire-bouchonnaient autour de son corps comme s'il s'était tourné et retourné dans son sommeil. Mais à cet instant, étendu sur le dos, il était parfaitement immobile, excepté le mouvement régulier de sa respiration. Son bras gauche, le poing serré, lui barrait la poitrine. L'autre bras reposait le long du corps, détendu. Il avait la jambe gauche croisée sous la droite.

Le drap faisait des plis et la couverture grise formait un tas au pied du lit.

Un rayon oblique de lumière touchait le visage de l'homme, éclairant ses traits. Des petites gouttes de sueur brillaient sur son front et sa peau, brun foncé, luisait d'une sueur qui se mêlait à l'huile suintant de ses pores.

Ses cheveux courts et noirs bouclaient en désordre sur sa tête. De fines rides formaient déjà des pattes-d'oie au coin de ses yeux, le reste de son visage était lisse comme celui d'un bébé et lui donnait une apparence qu'il ne méritait pas. Il avait le front haut et intelligent, un nez large et proéminent avec de grandes narines mobiles, des lèvres charnues et sensuelles. Quelque chose dans sa bouche dénotait une faiblesse. On le sentait plutôt qu'on le voyait. Son menton carré de bouledogue s'ornait d'une barbe bleue de plusieurs jours.

Son grand corps puissant occupait toute la longueur de la couchette et sa tête reposait tout au bord de l'oreiller. En l'observant, attentivement, on aurait eu l'impression qu'il était habité d'une force sauvage et d'une ruse animale.

L'homme porta la main à son visage comme s'il avait été dérangé par quelque chose d'imaginaire. Soudain, ses yeux s'ouvrirent tout grands. Un moment, il resta étendu sans bouger, fixant les murs de la cellule de son regard glauque et lourd de sommeil. Au bout d'un moment, il se souleva sur le côté et repoussa la chaise loin du lit. Il passa la main sous la couchette, sortit une boîte à café rouge et se roula une cigarette avec le tabac et les feuilles de papier de riz rangées à l'intérieur.

Il s'étendit de nouveau sur le lit, en travers, les talons appuyés contre le mur, le torse bien à plat, et porta la cigarette à ses lèvres. Il craqua une allumette. La flamme éclaira les murs blancs d'un carmin fugitif et projeta l'ombre grotesque de ses mains en coupe sur le mur du fond. Il souffla sur l'allumette, tira profondément sur sa cigarette et d'un coup de pouce, envoya l'allumette sur le gardien.

Le gardien, maintenant assis droit sur sa chaise, regardait dans la cellule avec une attention extrême.

« Alors, on tire une bouffée, hein, Guêtres ? » demanda-t-il, essayant de ne rien laisser voir de son malaise.

Le directeur lui avait donné l'ordre de garder les condamnés à l'œil pour empêcher toute tentative de suicide. Le feu est une fin atroce mais efficace et certains types sont prêts à n'importe quoi pour devancer la chaise électrique, se dit le gardien. Les boulots se faisaient rares et il n'avait pas envie de devoir en chercher un autre.

Guêtres aspira une nouvelle bouffée et laissa la fumée s'échapper lentement de ses narines.

« C'est la petite du matin, Billy », répondit-il. Sa voix était aussi rauque que la corne de brume d'un cargo en partance pour Duluth.

Tout était différent maintenant, pensait-il vaguement. Avant, quand il était en taule dans une cellule normale, à cause de son casse, le gardien l'aurait embarqué vite fait au trou et l'aurait probablement laissé debout pendant quatre ou cinq heures s'il l'avait surpris à fumer au lit après l'extinction des lumières. Maintenant, il pouvait fumer au lit autant qu'il le voulait, on ne lui disait rien. Bon, c'est un progrès, songea-t-il en laissant échapper un rire bref et grinçant.

Le gardien sursauta en entendant ce bruit sans joie. Il fixa le profil du prisonnier, comme pour lire dans ses pensées, mais il ne vit que la lueur rouge de la cigarette tandis que Guêtres tirait une bouffée.

« Alors, c'est le jour J, hein, Guêtres ! » remarqua-t-il.

Les pensées du prisonnier furent brutalement ramenées au présent.

« Ouais, si le gouverneur ne change pas d'avis pour m'accorder sa grâce à la dernière minute, ce qui est peu vraisemblable. De toute façon, il n'a aucune raison de le faire.

— A-alors ? » questionna le gardien.

Il était curieux de savoir comment il prenait ça.

« Oh je suis prêt, expliqua Guêtres. Je m'en fous pas mal, maintenant qu'il n'y a plus aucun espoir. Je me suis démené pour repasser en jugement uniquement parce que je ne voulais pas laisser échapper une chance de m'en tirer. Je suis trop bon joueur pour ça. Je ne me sentirais pas à l'aise pour le voyage éclair si j'avais l'impression d'avoir laissé filer une chance de m'en sortir. »

Le gardien hocha la tête ; il comprenait.

Guêtres replongea dans le silence. Il passa en revue l'enchaînement des circonstances qui l'avaient ramené là, à Big Meadows, où il avait déjà fait dix ans pour cambriolage, mais était revenu moins d'un an après sa libération pour chevaucher les éclairs sur la chaise.

Il repensa à ce dimanche matin à Center City, au Texas Club. Il n'avait pas eu l'intention de tirer, mais il se méfiait et puis il avait la trouille de la prison. En dix ans de taule, on apprend à ne pas prendre de risques, à tirer lorsque c'est nécessaire, sans hésiter et à payer ses erreurs de sa liberté.

Il avait attendu dans le foyer du rez-de-chaussée, et quand le directeur du club était descendu du premier étage avec la recette du samedi soir, il l'avait coincé.

Sa bouche se tordit en un sourire moqueur tandis qu'il se rappelait les grands yeux effrayés du petit Juif au moment où il lui avait ordonné de lever les mains en l'air. Ce petit con tremblait tellement qu'il arrivait tout juste à lever les mains à hauteur des épaules, tout ça parce qu'on lui mettait un flingue sous le nez.

C'est alors que les flics avaient fait leur apparition, comme les héros aux joues roses dans un mélodrame de 1890. Il n'avait même pas eu le temps de dépouiller le petit homme de son pognon. Un flic était arrivé de la rue, un autre avait dégringolé l'escalier du premier, et lui, Guêtres, s'était retrouvé entre les deux, avec son flingue à la main. La situation était délicate et il avait dû tirer pour s'en sortir. Mais coup de malchance, le pire qu'il ait jamais eu, celui des deux flics qui en avait réchappé était également celui qui avait remarqué les guêtres fauves qu'il portait et s'en était souvenu. Il avait été stupide de porter ces guêtres pour faire son coup, mais il avait pensé que le boulot serait aussi facile que de boire un verre d'eau.

Il était sûr d'avoir été donné par une poule, une fille pour laquelle il en avait pincé la veille au soir et à qui il avait révélé ses projets, histoire de l'impressionner.

Il fronça les sourcils et écrasa sa cigarette contre le mur derrière lui. Il éprouvait un cuisant ressentiment à l'idée de s'être fait griller comme ça par cette poule à la con. Il n'avait pas la prétention d'être très malin, mais d'habitude il était moins stupide. C'est vrai qu'il n'était pas le premier à rencontrer son Waterloo en la personne d'une de ces filles, mais cette idée n'empêchait pas l'intensité suffocante de ses regrets.

Soudain, le petit globe situé très précisément au centre du plafond se mit à clignoter, inondant la cellule d'une lumière jaune violente.

Guêtres s'étira, bâilla tout haut et tâta le sol de béton de ses pieds nus. Il tira à lui la chaise où se trouvaient ses vêtements et commença à s'habiller. Grosses chaussettes de coton, pantalon bleu foncé chiffonné et déformé, chemise de coton bleu fraîchement lavée et qu'on lui avait rendue la veille afin qu'il soit propre pour aller à la chaise — à la chaise.

Demain, il ne ferait plus ces gestes. Il serait mort — électrocuté — et fourré dans un de ces petits cercueils minables pour condamnés sans le sou. Une sensation d'oppression lui bloqua la poitrine, et il expira par la bouche. Ses doigts étaient gourds, et il n'arrivait pas à boutonner sa chemise.

Puis la sensation désagréable disparut comme elle était venue. Bon Dieu, il serait content d'en avoir fini une bonne fois pour toutes. C'était l'attente qui lui flanquait la frousse. De toute façon, il avait vécu assez longtemps.

Lorsqu'il eut fini de s'habiller, il se lava le visage et les mains dans la cuvette et s'essuya avec la serviette qu'on lui avait donnée pour le bain, quelques jours plus tôt. Il sortit sa brosse à dents de la poche de son gilet et la frotta de savon. Une petite voix moqueuse lui souffla dans l'oreille : « À quoi bon te laver comme ça ? disait-elle. Propre ou crasseux, tu ne vas qu'en enfer. »

D'un coup sec, il cassa le manche de sa brosse et jeta violemment les morceaux à travers les barreaux, en jurant d'une voix sourde.

Le gardien se leva de sa chaise et, du pied, poussa les morceaux dans un coin.

« Du calme, du calme, Guêtres, dit-il. Tu n'arriveras qu'à te rendre ridicule et les journaux se foutront de toi dans leur dernière édition. »

Guêtres se ressaisit et parvint à sourire.

« C'est juste ma rage de dents », se justifia-t-il.

Il se rendit compte alors que son plus cher désir, après celui de se faire la malle, ce qui était vraiment peu probable — c'était que les journaux écrivent qu'il était allé à la chaise électrique en souriant. Pour la dernière fois, il voulait descendre le couloir dallé, un sourire ironique aux lèvres, la démarche légère et insolente ; alors les autres détenus diraient en le voyant passer :

« Bon Dieu, voilà Guêtres qui passe comme s'il allait faire sa promenade de l'après-midi — et en plus, il a le sourire. Seigneur, quel cran ! Quel type ! »

Il comprenait la curiosité avide des prisonniers envers les condamnés à mort, et il savait que pendant plusieurs jours après l'exécution, on ne parlerait que de la façon dont il avait traversé la cour.

Il revint vers son lit, plia soigneusement la couverture et l'étala sur le drap, puis il tira la chaise jusqu'au centre de la pièce et se laissa tomber dessus, les pieds sur les barreaux de la grille.

« J'espère qu'il ne va pas pleuvoir aujourd'hui, Bill. J'aimerais pas me faire mouiller en traversant la cour pour aller à la chaise, dit-il en plaisantant.

— Bof, un peu d'eau, ça peut pas faire de mal. Ça fait passer le jus plus vite, précisa le gardien avec cette assurance satisfaite née d'une totale ignorance.

— Alors, si c'est ça, je crois que je vais me mouiller les cheveux avant de sortir. On m'a dit qu'on vit encore deux ou trois secondes une fois que le courant est branché », dit Guêtres. Il ne put réprimer un frisson.

« Oui, approuva le gardien, on te sèche pas complètement la tête quand on te rase. Mais t'auras bientôt une expérience de première main sur le sujet. »

Son humour noir le fit glousser.

Guêtres se leva d'un bond. Des perles de transpiration se formèrent sur son front et son visage pâlit de trois tons.

« Qu'est-ce que tu cherches à faire ? À me faire craquer ? » gronda-t-il d'une voix rauque.

Le gardien le regarda d'un œil indifférent.

« Tiens, voilà ton petit déjeuner. Quand t'auras l'estomac plein, tu te sentiras peut-être mieux », dit-il, tandis qu'un détenu en bleu s'approchait, portant un pot de café et un lourd plateau d'aluminium.

Le prisonnier passa le plateau et le café par l'ouverture au bas de la porte.

« Qu'est-ce que tu veux manger pour le déjeuner, mon vieux ? » demanda-t-il à Guêtres.

Guêtres se rappela que les condamnés avaient droit à ce qu'ils voulaient pour leur dernier repas, mais il n'avait pas envie d'y penser.

« Apporte-moi simplement ce qu'il y a au menu », répondit-il.

Le prisonnier lui glissa une cuillère à travers les barreaux.

« Bon, ce sera du poulet. C'est ce qu'on donne normalement comme dernier repas. »

Dernier repas. La phrase rebondit, résonna. Elle avait un effet déplaisant sur son appétit.

« Tire-toi, mec », lâcha-t-il au jeune prisonnier.

L'homme s'éloigna en vitesse.

Guêtres laissa tomber sur son petit déjeuner un regard totalement dépourvu d'enthousiasme. Il y avait deux donuts, des pommes de terre sautées en sauce, deux épaisses tranches de pain et une noix de beurre. Le café, non sucré, était légèrement troublé d'un soupçon de lait.

Il engloutit la nourriture sans la goûter ; d'un coup de pied, il envoya dinguer les plats de métal par la porte et balança sa cuillère par terre dans le couloir, puis il roula une cigarette et l'alluma. Il aspira plusieurs bouffées profondes, puis, soufflant la fumée, il lança au gardien :

« Je suppose que j'avais faim, Bill. Sûr que la tambouille avait bon goût ce matin. »

Le gardien leva les yeux et hocha la tête.

C'est alors que Guêtres fut frappé par l'idée qu'il venait d'avaler son dernier petit déjeuner. Ses mains commencèrent à trembler. Il se remit nerveusement la cigarette aux lèvres et fourra ses mains dans ses poches. Il jeta un coup d'œil dru au gardien pour voir s'il avait remarqué son geste.

Mais Bill se préparait à partir. Il avait terminé son service. Un nouveau gardien prit place sur la chaise et, de la tête, salua Guêtres.

« L'heure approche, jeune homme, observa-t-il.

— Sûr que je serai content quand ce sera fini, répondit Guêtres.

— Jeune homme, demanda le gardien d'une voix douce et pleine de sympathie, êtes-vous en règle avec Dieu ? »

Les lèvres de Guêtres s'ourlèrent d'un sourire mauvais.

« Et Dieu, est-ce qu'il est en règle avec moi ? répliqua-t-il. Je n'ai pas demandé à venir au monde. C'est lui qui m'a mis là. Il ne s'est pas occupé de me faire manger ni de me donner de quoi vivre, alors je me le suis procuré comme j'ai pu. » Parler lui faisait du bien, ça desserrait l'étau dans sa poitrine, la tension de ses muscles. Il continua, plus vite : « Comme j'ai pu, c'est-à-dire en volant. Un imbécile s'est mis sur mon chemin et peut-être bien que je l'ai bousculé. Je n'avais pas demandé à ce flic de venir me chercher, ce dimanche-là. Peut-être que c'est Dieu qui l'a envoyé. Si c'est lui, c'est sûr qu'il l'a envoyé au casse-pipe. J'ai aucun regret d'avoir pu buter un flic qui se mêlait de ce qui ne le regardait pas. C'était lui ou moi, ou celui, quel qu'il soit, qui l'a descendu. Vous m'avez gardé ici dix ans et après vous m'avez lâché dans un monde où j'avais pris dix ans de retard pour gagner ma vie et parce qu'on m'accuse d'avoir buté un flic pour trouver de quoi bouffer, vous me demandez : "Jeune homme, êtes-vous en règle avec Dieu ?" Allez vous faire foutre...

— Jeune homme, jeune homme, je ne dirais pas ça à votre place, réprimanda doucement le gardien. Vous êtes au seuil de l'éternité et vous en avez déjà assez fait, sans ajouter le blasphème à vos autres péchés.

— D'accord, d'accord, curé, si t'as peur d'entendre les faits, grogna Guêtres. Mais je veux que tu saches que je ne suis pas du tout inquiet, vraiment pas », ajouta-t-il avant de s'enfermer dans le mutisme.

Il sortit les mains de ses poches et gratta une allumette pour rallumer le mégot qu'il avait aux lèvres. Il remarqua que ses mains tremblaient encore, alors il se croisa les bras et fit un effort de volonté pour maîtriser ses muscles.

Il s'en voulait de trembler comme un rat pris de panique. Comme l'imbécile qu'il avait braqué, ce dimanche au Texas Club.

Son esprit remonta le temps, revint à ce jour. Il se rappela qu'il s'était enfui précipitamment après la fusillade et avait couru se réfugier chez Pony Boy dans Thackeray Avenue.

C'est Pony Boy qui, des années auparavant, l'avait surnommé Guêtres, quand il n'était encore qu'un adolescent et qu'il venait jouer dans son tripot. C'était longtemps avant son premier plongeon et son premier gros ticket pour la taule. Le nom lui était resté, comme son goût exagéré pour les guêtres de couleur claire.

Peu à peu, il était devenu l'ami de Pony Boy. Il avait fait rentrer plein de pognon pour engraisser ses tables de jeu.

Plus tard, quand il l'avait vu tuer une femme réticente d'un coup de poing sur la tempe, dans un meublé, ils s'étaient encore rapprochés. Guêtres gardait ce secret comme une épée suspendue au-dessus de la tête de Pony Boy et faisait de lui ce qu'il voulait.

C'était le seul endroit où il pensait pouvoir se rendre en toute sécurité ce matin-là. Il y était arrivé, affamé et fauché, juste à l'heure où l'aube rougit le ciel à l'est. La chance était avec lui, car

Pony Boy était seul dans l'appartement. Sa femme était en visite, quelque part.

Guêtres ne risquait rien là. Mais il s'était rappelé les cinq mille dollars laissés chez un pote, patron d'un club voisin. Un ou deux jours plus tard, lorsqu'il avait jugé que la chasse à l'homme s'était un peu calmée, il s'était faufilé jusqu'à la boîte. Il pensait que s'il avait la possibilité de quitter la ville, il aurait besoin de cet argent.

« Il y a quelqu'un pour vous », dit le gardien, coupant le fil de ses souvenirs.

Guêtres leva les yeux et fit la grimace en voyant arriver derrière les barreaux deux hommes élégamment vêtus qui lui adressèrent un signe de la tête.

Le gardien rapprocha sa chaise pour surveiller le prisonnier de plus près.

« Nous sommes du journal *Graphic*, dit l'un des hommes. Nous voulons vous interviewer. »

Guêtres se força à sourire.

« Messieurs, soyez les bienvenus !

— Belle journée pour une électrocution », fit remarquer le reporter pour éprouver les nerfs du condamné.

Guêtres pâlit légèrement, mais garda son sourire glacial.

« Tu veux une photo de lui, Dan ? » demanda l'autre journaliste.

Il sortit un petit appareil et commença à faire ses réglages.

« Non, ce n'est pas la peine. Il n'est pas assez important, répondit Dan.

— Persistez-vous à clamer votre innocence ? ajouta-t-il à l'adresse de Guêtres.

— Absolument, répliqua Guêtres d'un ton agressif. J'étais chez moi au lit lorsque le meurtre a eu lieu.

— C'est ce que je disais à mon ami ici présent, sourit Dan en désignant l'autre journaliste de la tête. Depuis vingt-deux ans que j'écris mes articles, on n'a pas électrocuté une seule fois un coupable. Éprouvez-vous de la rancune à l'égard de ceux qui vous ont envoyé ici ? Le juge, le procureur, le policier qui a témoigné contre vous ?

— Non, pas du tout. Je sais que le juge et le procureur n'ont fait que leur devoir. Et ce pauvre type de flic s'est trompé. Je pense qu'il était sincère en croyant m'avoir vu, dit Guêtres. Vous savez que mon casier judiciaire a influencé les jurés. C'est un enchaînement de circonstances contre lequel un ancien détenu ne peut pas lutter.

— Ouais, ça fait un sujet d'article. Il y a dix-sept ans, Smiling Joe Collotti a dit la même chose. En tout cas, je vois que vous n'avez pas peur de la chaise électrique, remarqua Dan.

— Peur de quoi ? J'en ris, plutôt », assura Guêtres. En laissant échapper, pour le prouver, une sorte de bruit inclassable.

« Bien, j'écrirai une ligne pour dire que vous êtes allé cramer le sourire aux lèvres. Ça vous ira ?

— Parfait, Dan.

— Bon, alors maintenant, ne me laissez pas tomber. Je ne veux pas donner de fausses informations, conclut Dan en refermant son calepin et se détournant pour partir.

— J'aurai le sourire quand on enverra le jus, leur cria Guêtres. Je suis un homme. »

Les journalistes n'étaient pas partis qu'un petit homme triste, avec des lunettes pendues à un cordon passé autour de son cou, apparut devant les barreaux. On aurait dit qu'il attendait son tour.

« On dirait que c'est ton jour de visites, fit-il en guise d'introduction, un sourire embarrassé aux lèvres.

— Salut, Zanny ! Quelles nouvelles ? » demanda Guêtres.

Sa voix avait trahi la bouffée d'espoir fou qui l'avait envahi.

« Rien. Je suis simplement venu te dire au revoir. J'ai fait tout ce qui était en mon pouvoir pour toi. La cour d'appel était pratiquement obligée de confirmer le verdict. Ta culpabilité était tellement évidente. Et puis il n'y avait aucun vice de forme dans la procédure. De toute façon, tu ne t'attendais pas vraiment à ce que le gouvernement te vienne en aide. »

La lueur s'éteignit dans le regard de Guêtres.

« Non, je n'ai jamais cru que j'allais pouvoir m'en tirer, mais j'ai quand même joué le jeu jusqu'au bout, dit-il résigné. Bon, eh bien, salut, Zanny ! On se reverra en enfer. »

Il essaya de sourire mais n'y parvint pas.

« Au fait, Guêtres..., dit Zanny comme s'il venait d'avoir une idée. Ces bijoux que tu m'avais promis, tu as bien dit qu'ils étaient dans le coffre à la compagnie d'assurances Guardian ? J'ai une déposition à te faire signer pour les récupérer. Ensuite tu me diras le numéro du coffre. Le gardien sera témoin de la transaction, n'est-ce pas, monsieur ? »

Le gardien acquiesça.

Guêtres laissa échapper un petit rire sans joie.

« Il n'y a pas de bijoux, Zanny. Tu t'es fait avoir. Tu te souviendras de moi quand tout le monde m'aura oublié, parce que je t'ai roulé. »

Le sang monta aux joues de l'avocat.

« Peut-être, mais c'est quand même toi qui vas griller », ricana-t-il.

Guêtres se rua contre les barreaux avec un rugissement féroce. L'avocat recula promptement, comme s'il croyait Guêtres capable de traverser les grilles, s'éloigna d'un pas rapide dans le couloir et disparut.

Guêtres s'autorisa un accès de rire dément, à vous glacer le sang.

« Voilà un fumier d'avocat véreux qui a fourni ses services pour rien », marmonna-t-il.

Quelques minutes plus tard, le prisonnier affecté au service des repas arriva avec un grand plateau recouvert d'une serviette blanche. Guêtres se demanda ce qu'on allait lui servir.

Puis il se rappela que c'était son dernier repas. Le dernier. Ces deux mots résonnèrent dans sa tête et un creux s'ouvrit dans son estomac. Son appétit disparut brusquement. Il eut l'impression que la moindre miette allait lui rester en travers de la gorge et l'étouffer.

Mais lorsque l'homme glissa le plateau sous la porte et que la bonne odeur de nourriture parvint à ses narines, son appétit revint. Il examina son déjeuner, prit les différents plats et les disposa sur sa couchette. Il y avait du poulet en sauce, des patates douces, de la salade, du céleri, de la glace, un gâteau et une cuillère pour manger le tout.

Guêtres avala tout ce qu'il put et repassa les plats sous la porte.

Une sensation de bien-être l'envahit. Il alluma une cigarette et trouva, à sa grande surprise, qu'elle avait vraiment bon goût. Il se dit que c'était ce dont il avait besoin, quelque chose de bon à manger. Il avait pris sa faim pour de la trouille.

Sûr, il allait partir ce soir. Qu'est-ce que ça pouvait bien faire ? Il n'allait pas se laisser contrarier par un petit détail comme ça. Il eut un grognement satisfait, et le gardien leva les yeux, intrigué.

« Je suppose que, d'après toi, un homme qui va mourir devrait pleurer et prier, hein, mon frère ? ricana Guêtres, remarquant l'intérêt du gardien. Eh bien, je ne suis pas comme ces poules mouillées. Je suis un homme, moi. »

Il s'allongea sur sa couchette, il avait un peu sommeil, et il tira lentement sur sa cigarette.

Un whisky et une femme, rêva-t-il. Bon, il s'était bien souvent passé de whisky, mais il n'avait pas toujours été capable d'en faire autant avec les femmes.

Comme la nuit où il était allé récupérer les cinq mille dollars au cabaret de son pote. Il était entré, il avait vu son pote, il était passé à côté des deux flics qui le recherchaient et rêvaient d'empocher les cinq mille dollars de récompense promis à celui qui le retrouverait mort ou vif.

Il s'en souvenait comme si c'était hier.

Il s'était cogné contre Éloïse qui sortait de la boîte et elle l'avait reconnu. Mais il la connaissait bien. Elle aimait assez l'argent pour le vendre au premier policier venu, cependant elle avait la trouille. Alors il avait refroidi ses ambitions pécuniaires par quelques menaces convaincantes et elle était partie dans une direction, et lui dans l'autre.

Mais c'est en rentrant chez Pony Boy que le ciel lui était tombé sur la tête.

Pony Boy était mort, flingué par une des anciennes, une certaine Margaret qu'il avait entretenue. Elle disait que Pony Boy, jaloux de l'attention qu'elle prodiguait à son enfant de douze ans, le lui avait arraché. Elle était venue réclamer son fils. Un mot en entraînant un autre, cela avait mené au coup qui avait tué Pony Boy.

Guêtres avait reconnu Margaret. Ils se connaissaient depuis l'adolescence et avaient été très amoureux l'un de l'autre, jadis. Mais il l'avait plaquée — avec l'indifférence cruelle de la jeunesse — quand elle lui avait annoncé qu'elle était enceinte. Pendant des années, le remords l'avait rongé, brûlant dans son âme, comme un détonateur perpétuel et c'est à cause de cela qu'il avait fait les coups les plus cruels et les plus risqués qui lui avaient valu une réputation de criminel particulièrement vicieux dans les commissariats.

L'enfant, que Margaret avait baptisé Petites Guêtres, avait maintenant douze ans. C'est lui que Pony Boy lui avait arraché.

C'est marrant, pensa Guêtres, j'ai toujours eu un faible pour le mélo.

Si à ce moment-là Margaret lui avait dit : « Allons chasser la licorne ensemble », il aurait mis ses habits de chasseur de licorne...

Mais elle était restée plantée là à le regarder de ses grands yeux d'animal stupide. Alors il lui avait donné les cinq mille dollars récupérés chez le copain et il l'avait envoyée chercher son fils. Ensuite, il avait effacé toutes les traces dans l'appartement, et il n'avait laissé subsister que sa propre signature : ses empreintes et une guêtre couleur fauve.

Quelques minutes plus tard, il prenait une balle dans les tripes, provenant d'une mitraillette actionnée par un escadron de flics.

Quand il avait été remis de sa blessure et que son procès s'était ouvert, quatre mois plus tard, ce n'avait été qu'une formalité pour la justice. Les jurés l'avaient condamné depuis longtemps.

Il alluma une nouvelle cigarette et se retourna sur le côté, aspirant la fumée d'un air décontracté. Il pensa qu'après tout il en avait bien profité. Il ne vivait plus maintenant que du temps volé. Il en avait dévalisé plus d'un et il avait essuyé pas mal de coups durs. Il avait même buté quelques types sans les prendre en traître. Mais il savait qu'il ne pouvait pas se tirer de son dernier coup : le meurtre d'un flic. Il l'avait compris ce dimanche matin, en détalant du Texas Club, tenaillé par une trouille bleue. Il avait su tout de suite que s'il restait en vie ce serait pour griller.

Il avait vécu comme un loup. Pas d'amis, une seule femme, dont il ne serait jamais certain qu'elle ne l'avait pas dénoncé pour récupérer cinq mille dollars de plus. Il n'avait même plus de mère pour le pleurer le moment venu. Et de ça, il était content. Un flambeur, un viveur, un dur, voilà ce qu'il avait été.

Et aujourd'hui il se trouvait dans le quartier des condamnés à mort, dans une prison d'État. Et aujourd'hui était son dernier jour.

Il eut soudain la gorge sèche. Il sauta au bas de sa couchette et avala de grandes goulées d'eau, en en répandant un peu sur le devant de sa chemise.

Le gardien le regardait, intrigué.

Guêtres le remarqua.

« Je viens simplement de faire un bon petit somme, lança-t-il en essayant vainement de parler d'une voix calme.

— Vous allez bientôt dormir pour longtemps », lui rappela le gardien.

À ces mots, la panique revint. Son dernier jour. Dans quelques heures, il serait mort. La peur montait par vagues glacées. Il se mit à trembler de tout son corps, comme s'il avait la fièvre. Ses pensées devinrent insupportablement vagues et sa peur s'intensifia au point de se faire incontrôlable.

Il s'efforça de reprendre le dessus. Si ça continuait, il irait à la chaise comme un lâche, bavotant et couinant. Il faudrait peut-être même le porter, car à présent, ses jambes étaient si faibles qu'il tenait à peine debout.

Cette pensée apporta un semblant de contrôle à ses sens affolés. Il pensa à l'article qu'on écrirait sur lui dans les journaux : « Il est allé à la chaise le sourire aux lèvres. » Il retrouva un peu de calme et tenta d'esquisser un sourire. Allons, qu'est-ce qui lui arrivait ? Il était un homme. Il n'avait pas peur.

Une ombre apparut devant lui. Il leva les yeux et vit un grand homme grisonnant, revêtu des attributs du clergé, debout devant la porte. Des yeux marron et graves brillaient d'une infinie pitié dans le visage brun et ridé du pasteur. L'aumônier de la prison se tenait à ses côtés.

L'aumônier dit :

« Le révérend Brown, qui m'accompagne, est venu d'une église de la ville pour vous prodiguer quelques paroles de réconfort. J'ai pensé que vous aimeriez peut-être passer les quelques dernières heures qui vous restent avec une personne de votre race. »

« Les quelques dernières heures ! » Ces mots lui brûlaient l'esprit comme des flammes. Il essaya de se lever de sa chaise mais ses genoux flanchèrent et ses jambes se dérobèrent. Il se mit à claquer des dents et les mots « dernières heures » lui brûlèrent le cerveau comme une flamme blanche, chassant toute autre pensée. Il essaya de parler mais sa langue resta collée à son palais.

Le gardien avança sa chaise pour le pasteur. Le révérend Brown s'assit et s'approcha tout près des barreaux afin d'être entendu sans avoir à élever la voix.

« Monsieur Wilson, commença-t-il, s'adressant à Guêtres. Votre mère est-elle toujours en vie ? » Guêtres tremblait de tous ses membres.

« Si elle l'est, continua le révérend, elle souhaiterait vous voir en règle avec Dieu aujourd'hui.

— Assez ! Assez ! » s'écria Guêtres. Sa voix s'éleva en un cri aigu. « Allez-vous-en ! Allez-vous-en ! Je ne veux pas entendre ça.

— Je n'essaie pas de vous faire vous repentir, monsieur Wilson, expliqua le révérend avec une authentique sincérité. Mon cœur se penche vers vous. Vous êtes jeune. La société ne vous a peut-être pas donné la chance que vous méritiez, je n'ai absolument aucun pouvoir sur la machine sociale. À certains moments, vous avez peut-être souhaité filer droit et vivre selon les préceptes de Dieu, mais les cruels et les mécréants de votre entourage ne vous en ont pas laissé la possibilité.

« Pourtant, réjouissons-nous qu'il y ait un Dieu qui pardonne. Il vous donnera l'occasion de faire mieux dans l'autre monde, l'occasion d'expier les fautes commises ici-bas — seulement si vous Lui faites confiance, mon fils, seulement si vous Lui faites confiance et avez foi en Lui. Agenouillez-vous, faites-vous humble et demandez-Lui pardon. Je suis certain qu'Il ne vous le refusera pas.

— Allez-vous-en ! Allez-vous-en, j'ai dit ! » hurla Guêtres, se levant d'un bond et brandissant le poing comme s'il allait défoncer les barreaux et mettre le bon pasteur en pièces. « Emmenez-le, ordonna-t-il à l'aumônier qui se tenait à côté. Je ne veux pas entendre son baratin pleurnichard. »

L'aumônier secoua la tête.

Le pasteur se leva lentement de sa chaise. Il posa la main sur les barreaux et se pencha pour tenter de regarder Guêtres dans les yeux.

« Mon fils, dit-il, je prendrais volontiers votre place. Votre mère, si elle vit toujours, prendrait sans aucun doute votre place sur la chaise de mort si, en ce jour, vous vous incliniez devant Dieu et Lui demandiez Son pardon. » Il y avait un accent de vérité totale dans la voix du pasteur.

Guêtres se laissa tomber sur sa couchette et se tourna contre le mur.

« Je suis un homme, marmonna-t-il. Je n'ai pas besoin de Dieu pour m'accompagner à la chaise. Il n'était pas avec moi quand j'ai buté ce fumier de flic, alors je n'ai pas besoin de lui maintenant. »

Une expression de tristesse infinie envahit le visage du vieux pasteur.

« Mon fils, n'y a-t-il rien que je puisse dire pour vous réconforter pendant ces dernières minutes de votre vie ? N'y a-t-il rien qui puisse vous amener à voir la lumière et vous persuader que votre attitude est la mauvaise ? N'y a-t-il aucun moyen de vous convaincre de recevoir Dieu dans votre cœur avant qu'il ne soit trop tard ? »

Guêtres garda un silence buté. Le vieux pasteur fit demi-tour, le dos voûté, et s'en alla.

« C'est le jour le plus triste de ma vie. J'ai échoué », avoua-t-il à l'aumônier.

Le gardien reprit sa chaise et jeta sur Guêtres un regard de mépris.

« J'aimerais vous dire ce que je pense de vous », fit-il.

Mais Guêtres ne l'entendit pas. Les mots « DERNIÈRES MINUTES DE VOTRE VIE » se répandaient dans son sang comme des cristaux de glace. Il se sentit gourd, plongé dans une honte indicible. Il n'aurait pas dû traiter le vieux pasteur ainsi, il le regretta. Il aurait dû l'écouter poliment et, après son sermon, il lui aurait dit qu'il avait foi en Dieu. Cela ne lui aurait pas fait de mal et le vieux pasteur en aurait été heureux.

Oui, mais, on aurait pensé que s'il avait rejoint la religion le dernier jour de sa vie, c'était qu'il manquait de cran et qu'il avait besoin de Dieu pour avancer jusqu'à la chaise électrique. Eh bien non, il avalerait la potion telle quelle.

Mais les mots DERNIÈRES MINUTES DE VOTRE VIE comme de longs doigts insistants ramenèrent à nouveau son esprit vers l'horrible mort qui l'attendait. Il se voyait assis sur la chaise, la tête rasée. Il sentait les employés lui attacher les poignets sur les bras métalliques du siège. Il sentait la cagoule noire glisser sur sa tête et ses yeux.

Après tout, il y avait peut-être du vrai dans cette histoire de vie éternelle. La plupart des gens civilisés croyaient à une sorte de vie dans l'au-delà. Lui, il s'était moqué de cette idée, il avait écarté la possibilité de se procurer son billet pour le paradis éternel. À présent, il allait peut-être brûler à perpétuité en enfer. Mais le fait que tout le monde croyait au paradis et à l'enfer ne prouvait pas qu'ils existaient réellement. Qu'est-ce qu'ils en savaient, de toute façon ?

Il se mit à lutter pour retrouver le contrôle de lui-même, car il sentait sa peur monter. Par un effort de volonté exténuant, il chassa toutes pensées. Ensuite, il se roula une cigarette, ses gestes étaient courts et hachés tandis qu'il s'escrimait pour empêcher ses mains de trembler.

Il prit une douzaine de bouffées profondes avant de retirer la cigarette de ses lèvres. La fumée lui laissa un goût de paille dans la bouche, mais au bout d'un moment, elle créa dans sa tête une sorte d'état inerte. Il jeta la cigarette, en roula une autre, l'alluma.

« Quelle heure est-il, chef ? » demanda-t-il au gardien.

Le gardien sortit sa montre de sa poche, y jeta un coup d'œil et dit : « Deux heures moins le quart. » Il remit sa montre dans sa poche, croisa les bras et reprit sa posture volontairement silencieuse.

« Je pense qu'ils vont venir me chercher très vite », dit Guêtres.

Le gardien ne se montra pas disposé à bavarder.

« Tu n'as pas besoin de me parler, mon frère », ricana Guêtres, sanctionnant son attitude.

Il roula une autre cigarette et l'alluma, puis il se laissa tomber sur sa chaise en lançant au gardien un regard chargé de haine.

Peu après, les officiels arrivèrent pour le tirer de sa cellule et lui faire traverser la cour en direction de la petite bâtisse de briques à l'autre bout de l'allée.

Guêtres marchait d'un pas extrêmement raide, comme un ivrogne qui veut s'empêcher de tituber. Dans un murmure hargneux, il lança quelques mots au sous-directeur. À un moment, il laissa échapper une espèce de rire dur et sans joie. Sur ses lèvres s'affichait un sourire glacé, moqueur et méprisant. Mais au fond de ses yeux brillait la lueur subtile d'une peur sans limite.

DANS LA NUIT

Ils étaient assis dans la pièce principale d'une petite maison située dans une rue donnant sur Central Avenue — trois communistes ; un Noir, les deux autres blancs.

Le Noir, Calvin Scott, un grand jeune homme à la peau sombre d'environ vingt-cinq ans, avec une silhouette à la Henry Fonda, était assis sur le canapé vert, penché en avant, face aux deux autres ; il parlait avec toute l'ardeur d'un évangéliste émacié, enfermant les deux autres dans un sortilège émotionnel :

« Il ne te hait pas, Andy ; ce n'est pas toi qu'il hait. » Ses pieds étaient enfoncés dans le tapis bon marché comme ceux d'un coureur attendant le coup de pistolet du starter ; et la courbe concave de son corps semblait tendue au point de se rompre. Se tournant vers la femme, il répéta les mêmes mots : « Il ne te hait pas non plus, Carol ; ce n'est pas toi qu'il hait. » À présent, sa voix se teintait d'une intensité brutale et les englobait tous les deux :

« Vous êtes ses amis ; vous le voyez presque tous les jours ; vous lui achetez des steaks, vous venez ici et vous les faites cuire pour lui. Vous avez dansé avec lui, plaisanté avec lui, vous êtes sorti avec lui. Il sait que vous êtes ses amis. Mais quand il a reçu cette lettre, tout d'un coup, il y a eu deux camps et un abîme affreux, un mur affreux entre vous — d'un côté c'était noir et de l'autre, blanc. Il s'est retrouvé dans un camp et vous dans l'autre. Et brusquement, il s'est mis à haïr tous ceux de l'autre camp — le camp des Blancs. Il ne peut pas s'en empêcher, il ne peut rien y faire. »

Dans le rai de lumière qui tombait de la lampe posée sur le bord de la fenêtre, son visage brun, couronné d'une tignasse de cheveux crépus et ébouriffés, arborait une expression surnaturelle par son pouvoir d'expression de la souffrance, comme si, à un moment de ses vingt-cinq années d'existence, sa capacité à formuler socialement la douleur avait passé les limites de la sincérité amateur pour devenir une affaire d'habileté, de pur professionnalisme dans la parfaite symétrie de ses larmes.

« Il ne peut pas s'en empêcher. Il ne veut pas vous haïr, mais il ne peut pas s'en empêcher », continua-t-il, dépassé, semble-t-il, par son interprétation poignante, de sorte qu'à présent sa voix débordait d'une émotion brute, authentique, que les larmes jaillissaient de ses yeux et que sa souffrance, trop grande pour son corps et son âme, coulait de lui, se déversait dans la pièce pour être absorbée par les deux autres, s'intensifiait, gonflant et boursouflant leur compassion un peu forcée et leur détresse intellectuelle en un étrange mélange, irrésistible et larmoyant, de torture sensuelle, physique, vocale et d'exacerbation géométrique qui poussa le Blanc à s'écrier contre son gré : « Oh Cal, arrête ! »

Andy Kyser, contrairement à Cal qui était né à Harlem et avait suivi les cours du City College, était originaire de Géorgie et avait grandi et fait ses études à Los Angeles ; parfois, sa compassion mielleuse pour les Noirs — qui s'était épanouie sur le terrain du sexe et l'avait amené, malgré son héritage de condescendance, à rejoindre le mouvement communiste au risque de perdre son emploi confortable au sein des services sociaux de l'État — n'était plus assez forte pour lui permettre de résister aux assauts de Cal qui, du point de vue de son éducation réactionnaire, étaient contraires à l'expérience comme à la logique. Néanmoins, ces éclairs de révolte contre la cause n'étaient que passagers, ils le laissaient à la honte d'avoir trahi son idéal, ce qui faisait naître en lui des pulsions irréfléchies.

À présent, penché très en avant sur sa chaise, sa silhouette mince et grotesque figée dans une position inconfortable comme s'il cherchait à signifier sa parenté de souffrance, torturé par une douleur émotionnelle qui, lentement, sous l'effet des larmes et des supplications insistantes de Carl, s'était intensifiée jusqu'à devenir physique, ses traits finement ciselés, couronnés de cheveux blonds, hésitant entre la résolution et la retenue, ses mains se nouant et se dénouant sans cesse sur ses genoux, il cherchait, par un mot ou par un acte, à s'aligner une fois pour toutes et sans équivoque, ouvertement et incontestablement, sur le mouvement progressiste ; à embrasser toutes les races et les croyances en un grand élan sensuel et irrésistible vers la révolution qui les rendrait à jamais unis, égaux et frères d'un point de vue économique, social et spirituel. Mais la raison froide lui murmurait : « Que pourrais-tu faire, toi petit être insignifiant, sinon te détruire, ce qui te rendrait inapte, non seulement à servir la cause, mais également toi-même ? » Pour finir, il supplia maladroitement :

« Laisse-moi aller lui parler, Cal. »

Cal secoua la tête.

« Ça ne servirait à rien, Andy. Il ne te hait pas. Il est simplement blessé ; très profondément blessé. Il ne ferait que recommencer ce qu'il a déjà fait. » Il leva les bras, accentua la concavité de son corps en une pantomime expressive, comme s'il cherchait à repousser quelque chose d'horrible. « Il se redresserait fièrement et s'écarterait de vous. Il dirait : “Salut Andy”, mais il n'y aurait aucun sentiment dans sa voix. Ce n'est pas qu'il te déteste personnellement, Andy. Simplement il ne trouve plus de mots pour te parler. Tu es de l'autre côté de l'abîme ; de l'autre côté du mur. Tu es blanc — tu comprends ? Les Blancs lui ont fait du mal et il les hait. »

Les larmes montèrent aux yeux d'Andy et coulèrent sur son visage tandis qu'il vivait par procuration la grande crucifixion de la peau noire dans l'Amérique blanche.

Silencieuse jusqu'alors, la jeune fille blanche assise en face de lui sur une chaise couleur de rouille, ses pieds gainés de soie ramenés sous elle, murmura d'un ton implorant :

« Je peux lui parler, Cal. Il faut que je lui parle.

— Honnêtement, ça ne servirait à rien, Carol », dit Carl, d'une voix tendue par la manifestation de son émotion. Écartant les bras, il dit encore : « Il ne te hait pas. C'est ce que tu dois prendre en compte ; c'est ce que tu dois comprendre. Ce n'est pas vous en tant qu'individus qu'il hait ; c'est le vaste monde blanc de l'autre côté de l'abîme, de l'autre côté du mur. Il... »

La jeune fille se leva d'un bond, exposant brusquement une souffrance jusqu'alors réprimée ; ses mains se tendirent vers le plafond, exprimant une intolérable frustration.

« Mon Dieu, je l'aime ! s'écria-t-elle d'une voix aiguë de soprano. Je l'aime comme mon frère ! Je l'aime plus que mon propre frère ! Pourquoi n'ai-je pas le droit de lui parler ? »

Elle aurait pu être l'incarnation de la maternité paysanne, n'était son visage, aussi délicatement sculpté qu'un camée ancien, éclairé d'une souffrance qui, à l'inverse de celle de Cal et d'Andy, n'était ni répétitive ni négative, mais positive par son honnêteté et intrépide par son courage.

Fille d'un homme d'affaires qui avait réussi, elle était avant tout, physiquement aussi bien qu'émotionnellement, faite pour la maternité. Mais sur le chemin de la maturité, son amour pour autrui l'avait fait déraper dans une fervente abnégation envers les masses. Elle s'était jetée à corps perdu dans le mouvement, donnant tout ce qu'elle avait, se mêlant aux Noirs dans leur vie la plus intime comme pour prouver par son exemple que la négritude n'allait pas déteindre ; et son zèle l'exaltait. C'était comme si, au lieu de ses propres enfants, elle allait materner la race noire tout entière ; ou bien encore accoucher, par la grâce de son amour profond, d'un nouvel ordre social.

Lorsqu'elle reparla, sa voix n'était plus la flamme ardente qui brûlait auparavant, mais une chose féminine qui suppliait un homme de lui accorder une faveur :

« Laisse-moi aller lui parler, Cal. J'aime ce gosse. »

Et pour cette raison, Cal hésita avant de lui répondre, car il n'était pas certain que ses sentiments envers cette fille fussent entièrement conformes à l'idéologie qu'il professait, ni qu'il n'eût blessé tous les autres avant de la blesser, elle. Il regarda derrière elle, dans la chambre où l'homme dont ils parlaient, James « Sonny » Wilson, un jeune Noir d'une vingtaine d'années au visage lisse, brun et sérieux, couronné d'une tignasse drue, était assis à une table minuscule, sous un cône de lumière, et continuait à étudier imperturbablement son cours sur l'art.

Bien que Sonny eût entendu tout ce qui s'était dit et sût qu'à présent les trois autres s'étaient tournés pour le regarder, il ne leva pas les yeux et ne donna pas le moindre signe d'intérêt. Sur son visage aux traits agréables, presque enfantins, se lisait une amertume qu'on ne voyait pas sur celui des autres.

C'était de cette amertume sur le visage de Sonny, si terrible chez un être aussi jeune, que Cal voulait protéger la jeune fille, pressentant qu'étant blanche, elle ne comprendrait jamais, mais serait au contraire poussée à de plus grands sacrifices que ceux qu'il désirait lui voir accomplir, et c'est ce qui le décida.

« Tu ne peux pas l'aider, Carol, dit-il. Je ne peux pas l'aider non plus. Andy ne peut pas l'aider. Personne ne peut l'aider — pas en lui parlant. Il est blessé profondément. Alors, qu'est-ce qu'on fait. On fait notre boulot. Et lui fait le sien. Il faut qu'il surmonte ça tout seul. Il faut qu'il s'endurcisse. Il fallait qu'il soit blessé. Il fallait qu'il apprenne un jour ou l'autre. Il est venu de l'État de New York, il a traversé tout le pays pour apprendre ça. Mais il aurait aussi bien pu rester à New York et y apprendre de la même manière qu'il était noir. Et maintenant, il va devoir s'endurcir. »

Dans l'intensité brutale de sa voix se glissait une nuance de découragement, comme s'il admettait l'existence d'un handicap. Et elle restait en suspens dans la pièce, cette nuance, comme une force tangible, réduisant l'ardeur sacrificielle qui avait enflammé Carol à une sorte de futilité sans enthousiasme, garrottant avec une joie sadique la belle compassion d'Andy pour les opprimés.

« Il va écrire une lettre au Président, continua Cal. Je pourrais l'aider à la rédiger. Il a déjà fait un brouillon qui n'est ni confus, ni enfantin. Je pourrais l'aider. Mais je ne le ferai pas. Ça ne lui servirait à rien. Il est blessé. Donc il faut qu'il s'endurcisse. Il faut qu'il écrive lui-même au Président. Il faut qu'il se batte contre cette saleté de discrimination. Il faut qu'il apprenne à se battre. C'est sur sa génération qu'il faut veiller, Andy. C'est sur lui. Je pourrais l'aider à écrire sa lettre. Mais ce n'est pas mon problème. Ce n'est pas mon problème, Andy. » Il fit une pause et, en un geste théâtral, pointa le doigt sur l'homme blanc. « C'est ton problème, Andy. » Il secoua la tête et deux larmes coulèrent sur son visage noir illuminé. « Ce n'est pas mon problème, Andy — *c'est le tien.* »

À nouveau, l'éducation réactionnaire d'Andy le poussa à laisser échapper une protestation involontaire :

« Qu'est-ce que tu veux que je fasse, Cal ? Je ne peux pas le rendre blanc. » Il ajouta très vite : « J'irai poser des bombes, si ça peut changer quelque chose. J'irai faire sauter la boîte si tu crois que ça lui permettra de trouver du travail. Bon Dieu, je suis prêt à commencer la révolution si tu crois...

— Ce n'est pas ce qu'il faut faire, Andy », répliqua Cal ; et soudain, comme si ces paroles les avaient délivrés du sortilège des émotions, Andy et Carol redevinrent des intellectuels et Carol dit :

« Non, ce n'est pas le bon moyen, Andy. Nous avons affaire à une nation ; résoudre le problème d'un Noir en particulier, c'est résoudre le problème de la nation noire tout entière — *mais ça me rend folle de...*

— Écoutez, reprit Cal. Pendant trois mois, Sonny a étudié tous les soirs pour préparer ces examens. Pendant trois mois, il est allé à la NYA Defense School. Durant tout ce temps, il a travaillé le jour et étudié la nuit. Il est en manque de sommeil depuis trois mois. Il a perdu du poids. Plusieurs fois, j'ai voulu lui faire tout arrêter. Je ne pouvais pas lui promettre qu'il trouverait du travail ; tout ce que je pouvais faire, c'était de lui dire quand il serait prêt à passer les examens. Je ne voulais pas prendre de responsabilité. Je voulais le forcer à s'arrêter. Mais je ne l'ai pas fait. Il fallait qu'il apprenne, vous comprenez. Il fallait qu'il apprenne tout seul. Je ne pouvais pas davantage lui demander d'arrêter que je ne pouvais l'encourager à continuer. Pendant trois mois, il a étudié jour et nuit. Et puis il a passé les examens. Et il les a réussis. » Il s'arrêta un instant, reprit : « Aujourd'hui il a reçu une lettre de l'usine. Elle disait que sa demande avait été prise en considération mais que la compagnie aéronautique ne pouvait lui garantir un emploi, ni maintenant, ni à l'avenir. » Il leva les yeux et regarda le jeune homme dans l'autre pièce. « Et à présent, il a le cœur brisé.

— Quelles raisons lui ont-ils données ? » demanda Andy, s'efforçant de maintenir la conversation sur un terrain rationnel, bien qu'il sût que la question était inepte.

Cal écarta les bas :

« Tu le sais bien, Andy.

— Avant la guerre, les lettres disaient qu'ils n'employaient que des Blancs, fit remarquer Carol.

— Ce n'est pas mon problème, Andy, fit Cal de sa voix trop dure. Ce n'est pas mon problème. Rien de tout ça ne me concerne. Je suis noir. C'est sûr. Mais je peux m'en sortir. Je peux revenir en arrière. Je peux me mettre en haillons et aller m'asseoir dans le parc. Il faudra bien que quelqu'un s'occupe de moi. Je peux marcher dans la rue et siffler. Je peux m'arrêter devant une boîte où le juke-box est en train de jouer un vieux boogie et esquisser quelques pas en écoutant les Blancs dire : “Regardez ce nègre danser.” Avant de travailler dans les conditions où certains de ces Noirs doivent travailler, c'est ce que je ferais. Je marcherais dans la rue, j'irais m'asseoir dans les parcs et je laisserais le pays aller à vau-l'eau. J'irais frapper à la porte de service des maisons d'Hollywood et de Beverly Hills et je demanderais l'aumône aux femmes blanches. Écoute, je peux m'en sortir. Cal peut s'en sortir. Ce n'est pas mon problème, Andy. C'est le tien.

— Je sais, admit Andy. Je sais que c'est le mien. Et je n'essaye pas de me défiler. Mais qu'est-ce que je dois faire ? Parfois j'ai envie de lâcher mon boulot et de rassembler une bande d'hommes de cou..., de Noirs et d'aller organiser des piquets de grève devant ces usines.

— Ce n'est pas le bon moyen, dit Carol. Ce qu'il faut faire avant tout, c'est éduquer les masses. Briser les préjugés.

— Il y a cet abîme, Andy, dit Cal. Cet abîme entre les races. Dans le Sud, ils ont commencé à le combler. À cause de la famine. Le fermier noir a dit au fermier blanc : “Écoute, mon pote, à quoi bon se battre les uns contre les autres, on crève tous de faim ; unissons-nous pour nous battre contre les patrons.” Ici, c'est différent. Regarde — dimanche, vous êtes allés nager. À Manhattan Beach. Vous avez emmené Sonny. Vous lui avez acheté un maillot de bain...

« Vous savez comment elle est, cette plage — aussi réactionnaire que le Texas. Les Blancs vous ont regardés. Mais personne n'a rien dit. C'est ça la différence. Sonny est revenu en disant : “Je me suis bien amusé, Cal. Tu sais, Andy et Carol sont formidables.” »

C'était un souvenir agréable et pendant un instant, ils se détendirent tous, s'abandonnant à une sensation satisfaisante de progrès et d'accomplissement. Mais la soif intellectuelle d'Andy pour la vérité ne l'abandonna pas longtemps. Comme à contrecœur, il fit remarquer :

« Mais dans l'aéronautique, c'est différent. »

Parvenus à ce stade d'épuisement émotionnel, ils furent soudain submergés par un fort sentiment d'inutilité et chacun d'eux se retira en lui-même, livré à ses propres pensées. Puis Carol se leva et versa à nouveau du vin dans leurs verres.

La révolution n'avait jamais paru si lointaine.

ENCORE UNE FAÇON DE MOURIR

Quand j'ai quitté l'usine de conserves, après le travail, je suis rentré chez moi, je me suis lavé les mains, le visage et sous les bras pour nettoyer la crasse, puis j'ai enlevé mon bleu pour enfiler un costume sport.

J'ai pris l'argent dans la boîte en fer-blanc où je le cache, derrière le fourneau, et je l'ai compté. Dix-huit dollars et de la monnaie. Je suis sorti et j'ai remonté Long Beach vers le bar de José au coin de la 40e et j'ai acheté un litre de bière.

José essuyait son comptoir avec un chiffon sale, ensuite il a épongé la sueur sur son visage avec le même chiffon et m'a dit :

« Tu me dois trente-cinq cents d'hier.

— Je te paierai mañana, j'ai dit.

— Mañana, toujours mañana ! il a râlé en crachant dans l'évier.

— Hé, crache pas dans l'évier où tu laves les verres », a lancé un Blanc à l'autre bout du comptoir.

José a haussé les épaules.

« Qu'est-ce que j'en ai à foutre », il a dit.

J'ai chassé les mouches et j'ai bu ma bière. Ça m'a fait transpirer comme un cheval.

« Ces Chicanos, renchérit un autre Blanc. Crache où tu veux, chicano. »

José a essuyé son visage avec le chiffon sale et a jeté un regard en coin au type.

Il y avait trois Blancs, deux Mexicains et deux autres négros disséminés le long du bar. Quelques petites frappes étaient agglutinées autour du juke-box, parlant mexicain et fumant des joints ; deux filles noires, l'air crevé, étaient assises dans le box près de la fenêtre et attendaient le gogo. À côté, une grosse Noire alcoolo et ses deux mecs en bleu de travail ; et dans le box du fond, deux Mexicains débarqués de ce bon vieux Mexique qui buvaient du vin blanc.

J'ai terminé ma seconde bière et il a fallu que je sorte. J'ai filé dans l'allée, sur le côté du bar. Puis je suis revenu et j'ai dit :

« Donne-moi une autre bouteille, fais-moi le plein. »

Deux vieilles déglinguées à la peau claire sont arrivées avec un grand nègre jaune qu'on appelait « Sweet Wine » et qui passait pour un dur. Ils se sont assis près de moi et Sweet Wine s'est appuyé sur mon épaule et m'a dit :

« Paie-nous une bière, Face de Goudron. »

J'aimais pas ce mec et j'aimais pas qu'on m'appelle « Face de Goudron » — je m'appelle Brown — mais comme j'avais pas mon couteau, je me suis contenté de dire : « Tiens, t'as qu'à goûter la mienne », en lui fourrant la bouteille sous le nez.

Il l'a prise, il l'a bue et il l'a reposée sur le comptoir.

« Si c'est pas malheureux, a dit l'une des vieilles à l'autre. Il nous en a même pas offert une goutte. » Elle s'est tournée vers moi. « Vous nous offrirez bien une petite bière, n'est-ce pas, monsieur ? »

Sweet Wine a dit :

« Sûr, ce nègre va nous payer un coup ; il a tout ce qu'il faut, il travaille à la conserverie, il se fait un paquet de pognon. Allez, Face de Goudron, tu nous en jettes un. »

Je savais bien qu'il cherchait la bagarre.

« Quatre vins », j'ai dit à José.

Il a fallu que je casse un billet de cinq pour payer. La vieille à côté de moi s'est penchée et m'a dit :

« Allez, viens, on va s'en payer une tranche. »

L'autre vieille a rigolé.

J'ai dit :

« Je croyais que t'avais apporté ton sandwich.

— Ce nègre-là, il s'est tiré. »

L'autre vieille a encore rigolé.

J'ai regardé autour de moi, et j'ai vu que Sweet Wine s'était fait la malle. J'aurais dû savoir que cette vieille peau jaune voulait pas d'un type aussi noir que moi, mais j'ai dit quand même :

« Viens, on va dans ma piaule. »

On était pas arrivés plus loin que le coin qu'elle m'a agrippé par-derrière et Sweet Wine a déboulé de l'allée et m'a mis K.-O. Quand je suis revenu à moi, les petites frappes étaient en train de me rouler jusqu'au milieu de l'allée. Je me suis retourné, je me suis appuyé des deux mains sur le sol et j'ai poussé sur les genoux. Ensuite, je me suis relevé. Je sentais plus ma mâchoire. Je l'ai touchée du bout des doigts, je l'ai fait bouger de droite à gauche pour voir si elle était cassée.

Puis j'ai dit aux Mexicains :

« Rendez-moi mon pognon. »

Un des mômes a rigolé.

« Sweet Wine t'a nettoyé avant de te lâcher.

— Il t'a carrément lessivé », a dit un autre.

Je me suis quand même tâté les poches, pour être sûr, mais j'étais vraiment à sec.

« Par où ils sont partis ? » j'ai demandé.

Les petites frappes ont haussé les épaules. Je me suis mis en route vers ma piaule pour aller chercher mon couteau et je suis tombé sur une voiture de police au coin de Vernon.

« Hé, j'ai appelé. Attendez une minute ; on vient de me voler. »

Le jeune flic qui conduisait a reculé et s'est rangé au bord du trottoir. Il a dit :

« Viens par ici, mon gars. »

Je me suis approché et lui et l'autre flic, un type plus âgé avec des cheveux gris et des galons de sergent, m'ont examiné des pieds à la tête.

« Qui t'a volé ? a demandé le jeune flic.

— Un type qu'on appelle Sweet Wine, j'ai répondu. Lui et une femme qu'était avec lui.

— Où est-ce que ça s'est passé ?

— Devant l'allée, près de chez José. »

Il a reniflé mon haleine.

« Saoul, hein ? Ils n'ont eu qu'à te retourner, hein ?

— Non, monsieur. J'étais chez José en train de boire une bière et d'embêter personne quand ils sont entrés et ils ont voulu que je leur paie un verre. Je leur ai payé leur verre juste pour pas avoir d'ennui et à ce moment-là, Sweet Wine est parti. Au bout d'un moment, la femme et moi on est sortis...

— Ah, alors t'étais avec la femme ? il a coupé.

— Non, monsieur. Je suis juste sorti en même temps qu'elle. C'est Sweet Wine qu'était avec elle. Alors elle m'a attrapé et lui il m'a assommé. Quand je suis revenu à moi...

— Comment tu t'appelles, mon gars ? il a coupé encore une fois.

— Brown, j'ai dit. William Brown.

— C'est quoi ton surnom ?

— Y'en a qui m'appellent Face de Goudron, mais la plupart des gens m'appellent juste par mon nom, Brown.

— Tu serais pas le Face de Goudron qu'a poignardé ce marin dans le coin, il y a deux ou trois nuits ? il m'a demandé.

— Non, monsieur, j'étais pas dans le coin, y'a deux ou trois nuits. Je travaille à la conserverie », je lui ai répondu.

Le sergent dit :

« J'ai connu un Noir à Kansas City qu'on appelait Ruckus Fuckus.

— On a ramassé un type l'autre soir qui s'appelait White Baby, dit le jeune flic. Il était noir comme ma chaussure. »

Ils ont rigolé un peu. Ensuite le jeune flic est sorti de la voiture et m'a fouillé. Comme il n'a rien trouvé, il a demandé :

« Où tu caches ton couteau, mon gars ?

— J'ai pas de couteau », j'ai dit.

Il est remonté dans la voiture et il a mis le moteur en marche. Le sergent a dit :

« Tu ferais mieux de rentrer chez toi, mon gars. On va trouver Sweet Wine et récupérer ton argent. Combien tu dis qu'il t'a pris ?

— Quinze dollars environ. »

Je suis rentré chez moi, j'ai pris mon couteau, je l'ai mis dans ma poche et je suis retourné chez José. Sweet Wine et la femme n'étaient pas revenus. J'ai descendu Long Beach jusqu'au Cove dans la 36e. Ils étaient pas là non plus. J'ai coupé pour rejoindre Ascot, je me suis arrêté dans deux ou trois boîtes en chemin, puis j'ai fait demi-tour en direction de Vernon.

Il était pas loin de onze heures quand j'ai fini par les trouver au Dew Drop Inn, à l'angle de la 51e et de Hopper. La vieille peau était assise au comptoir en train de biberonner, mais j'ai pas vu Sweet Wine. À côté d'elle, un type buvait une bière. Le bar était plein, et tous les box le long du mur étaient pris. Il y avait beaucoup de gens debout.

Je me suis approché, j'ai pris la bouteille de bière du type et je l'ai cassée sur la tête de la vieille. Elle s'est levée en titubant, elle a ouvert son cran d'arrêt et a essayé de me piquer. J'ai bondi en arrière, j'ai ouvert ma lame et je lui ai taillé le bras. Sweet Wine a surgi de je ne sais où derrière moi et m'a fracassé une chaise sur la tête.

Je suis tombé sur la vieille, la coinçant contre le juke-box. Je me suis retrouvé à quatre pattes, mais j'ai fait demi-tour et j'ai filé entre les jambes de quelqu'un avant qu'elle reprenne ses esprits. Les gens couraient dans tous les sens pour se mettre à l'abri, ce qui fait qu'on n'arrivait pas à se colleter. Sweet Wine est arrivé sur le côté et a passé le bras derrière un type pour me cogner encore une fois avec la chaise. Quelqu'un m'a flanqué un coup de pied dans la figure en essayant de dégager. Je me suis faufilé entre une paire de cannes et j'ai réussi à tailler la jambe de Sweet Wine. J'ai passé le bras derrière la partie charnue de sa jambe et j'ai juste ramené ma lame, comme si je coupais de la canne à sucre. Il m'a décoché un coup de pied en plein sur la bouche et je lui ai ouvert la cuisse.

Les gens se sont précipités dans la rue en hurlant et en poussant des jurons. La vieille peau est arrivée sur moi par-derrière et m'a poignardé dans le dos. Je me suis redressé d'un bond et je me suis mis à donner des coups de couteau dans tous les sens, taillant tout ce qui bougeait. Les gens qui restaient se marchaient dessus pour essayer de sortir. Je me suis retourné pour avoir Sweet Wine et la vieille en face de moi, je leur ai sauté dessus et j'ai mouliné ma lame aussi vite que j'ai pu. J'ai touché personne. La vieille peau s'est ruée sur moi en moulinant comme moi. Elle m'a pas eu non plus, mais elle m'a forcé à reculer. J'ai continué à reculer jusqu'à ce que je cogne contre un truc, alors je me suis retourné et j'ai vu des casiers de soda empilés contre le mur.

J'ai agité ma lame sous le nez de la vieille pour la faire reculer un peu ; ensuite, j'ai fourré mon couteau dans ma poche et j'ai commencé à balancer des bouteilles. La première a atteint Sweet Wine au front et lui a ouvert la peau ; la seconde l'a touché en pleine bouche et lui a éclaté la lèvre. La vieille était en train de faire le tour pour passer derrière le comptoir et me balancer des bouteilles de vin, mais le barman l'en a empêchée. Le bras de la femme saignait là où je l'avais piquée et ça coulait par terre. Sweet Wine a fait demi-tour et a essayé de se tirer, mais sa jambe était si ouverte qu'il arrivait tout juste à boitiller. Je l'ai touché deux fois dans le dos mais je balançais les bouteilles à un tel rythme que j'avais du mal à voir où elles allaient.

Tout d'un coup, j'ai entendu quelqu'un hurler :

« Il m'a frappée avec une bouteille ! »

Alors j'ai levé les yeux et j'ai vu une vieille femme blanche devant la porte avec la tête pleine de sang.

Tout le monde la connaissait. C'était une vieille poivrote qui venait là tous les soirs pour s'allumer. Elle vivait pas très loin.

Mais quand on l'a vue là, avec le sang qui pissait de sa tête, on s'est tous arrêtés et on l'a regardée, bouche bée. On a arrêté de se battre et on est restés là, pétrifiés. J'avais peur de l'avoir tuée et aussi, elle était blanche.

Elle s'est mise à injurier tout le monde et ensuite la police est arrivée. Il y avait deux jeunes flics cette fois-ci. Ils nous ont retenus tous les quatre en attendant l'ambulance et le panier à salade, et ils n'arrêtaient pas de grincer des dents en me regardant.

« C'est bien le nègre qui vous a frappé, madame ? a demandé l'un d'eux à la vieille femme blanche en m'agrippant par le collet.

— C'est bien ce sale fumier de nègre ! elle a hurlé. Il m'a frappée avec une bouteille de soda !

— C'était pas vous que je visais, madame », j'ai dit. J'avais une frousse bleue. « C'est pas sur vous que j'ai jeté les bouteilles. C'est sur ces gens qui m'ont volé... »

Le flic a brandi le poing et m'a balancé un direct en pleine figure.

« La ferme, sale con de nègre, il a dit. Chez moi, au Texas, les connards de nègres qui frappent des femmes blanches, on les tue. »

Les gens commençaient à rentrer dans la boîte et ils étaient autour de nous, à nous regarder, mais personne n'a rien dit. Ils sont tous restés là, l'air très noirs et méchants, à se demander ce que le flic allait me faire.

« Je voulais pas la frapper, chef, j'ai dit. Je vous le jure.

— Alors, sale connard de nègre, pourquoi tu l'as frappée ? demanda l'autre flic.

— Elle est juste entrée à ce moment-là, chef. Vous savez, je suis pas du genre à jeter un truc sur une Blanche...

— Connard, t'avise pas de l'ouvrir quand tu me réponds ! il a dit.

— Oui, monsieur.

— Si on était au Texas... » a commencé le premier flic.

C'est à ce moment que l'ambulance est arrivée. Ils ont allongé la femme blanche sur une civière et l'autre vieille peau s'est assise à l'arrière sur une chaise. Puis ils se sont occupés de moi et de Sweet Wine. Ils ont noué un garrot ou un truc autour de la jambe de Sweet Wine, ils ont bien serré et ils ont dit que ça irait pour l'emmener jusqu'au panier à salade. Quand ils se sont tournés vers moi, un des flics a dit : « On va embarquer ce nègre, il est pas blessé ! »

L'autre flic a dit :

« Pas encore !

— Y m'ont taillé le dos... », j'ai commencé. Le premier flic m'a cogné encore une fois sur la bouche.

Quand le panier à salade est arrivé, ils ont fait monter Sweet Wine dedans et le fourgon est reparti, ensuite ils m'ont conduit jusqu'à la voiture et m'ont collé sur le siège arrière avec un flic à côté de moi.

« Où vous m'emmenez, chef ? j'ai demandé. Vous allez pas me battre, hein, chef ?

— La ferme, connard de nègre ! » a fait le flic et il m'a cogné la figure avec la crosse de son pistolet.

J'ai plus rien dit. Ils ont remonté Vernon jusqu'à Long Beach, puis ils ont continué au sud jusqu'à ce qu'ils arrivent à l'endroit où les voies de chemin de fer se dédoublent. Ensuite, ils ont remonté une allée obscure près d'une fonderie de métal de récupération et le flic m'a dit de sortir.

« Chef, vous devriez pas me frapper, j'ai commencé. Je suis blessé, chef, ils m'ont... »

Il m'a attrapé par le collet et il m'a jeté par terre. Je suis resté comme ça là où j'étais tombé, j'avais peur de bouger. L'autre flic est sorti et a fait le tour de la voiture. L'un des deux m'a tiré dessus. J'ai senti un creux à l'estomac et c'était comme si ma poitrine avait gonflé. J'avais tellement peur que je pouvais à peine respirer.

« Vous allez pas me tirer dessus, hein, chef ? » j'ai supplié.

Un des flics a rigolé.

« Il croit qu'on fait quoi, là ?

— Ça c'est ce qu'on fait aux nègres, au Texas », a dit l'autre et il m'a tiré une balle dans le ventre.

« Chef, vous allez pas me tuer ! » j'ai hurlé.

Ils sont restés là à me regarder en riant. Un des deux m'a craché dessus. Ensuite le ciel s'est mis à tournoyer, de plus en plus vite, les poteaux télégraphiques le long de Long Beach se sont mis à ondoyer comme s'ils étaient vivants et tout a commencé à s'éloigner. J'ai continué à regarder les deux flics, à regarder leurs visages jusqu'à ce qu'ils deviennent deux masses blanches et que je ne puisse presque plus les voir.

J'arrêtais pas de les supplier.

« Chef, s'il vous plaît, me tuez pas. S'il vous plaît, chef. Je jure que je frapperai plus jamais une femme blanche aussi longtemps que je vivrai, même par erreur. » Je savais que mes lèvres bougeaient, mais j'entendais même plus ma propre voix.

Le premier flic a dit :

« Finissons-en. »

Alors j'ai entendu une détonation et j'ai senti la balle s'enfoncer dans ma poitrine. Je pouvais plus rien voir. J'ai senti que je fuyais de l'intérieur. C'était comme une bouilloire sur le fourneau qui commence à déborder. Mais j'avais pas très mal. Simplement, je m'en allais.

La dernière chose que j'ai entendue, c'est une série de coups de feu très rapide et je sentais les balles me rentrer dedans. Mais elles me faisaient pas mal. C'était juste comme un type qui plante sa fourchette dans du beurre mou. Comme un type qui enfonce son pic à glace dans une viande fraîchement tuée.

La dernière chose que j'ai pensée, tandis que j'étais couché sur ce putain de sol et que je mourais, c'est : « Putain de Dieu, les Blancs, ça rime à quoi de me tuer. »

Composition Nord Compo
Impression Novoprint
à Barcelone, le 13 septembre 2004
Dépôt légal : septembre 2004

ISBN 2-07-31701-3/Imprimé en Espagne.

130182